楊凝式法書名品

中國碑帖名品
［六十九］

上海書畫出版社

前言

中華文明綿延五千餘年，文字實具第一功。從倉頡造字而雨粟鬼泣的傳説起，歷經華夏子民智慧聚集、薪火相傳，終使漢字生生不息、蔚爲壯觀。伴隨著漢字發展而成長的中國書法，基於漢字象形表意的特性，在一代又一代書寫者的努力之下，最終超越其實用意義，成爲一門世界上其他民族文字無法企及的純藝術，并成爲漢文化的重要元素之一。在中國知識階層看來，書法是中國人『澄懷味象』、寓哲理於詩性的藝術最高表現方式，她净化、提升了人的精神品格，歷來被視爲『道』『器』合一。而事實上，中國書法確實包羅萬象，從孔孟釋道到各家學説，從宇宙自然到社會生活，中華文化的精粹，在其間都得到了種種反映，書法無愧爲中華文化的載體。書法又推動了漢字的發展，篆、隸、草、行、真五體的嬗變和成熟，源於無數書家承前啓後、對漢字美的不懈追求，多樣的書家風格，則愈加顯示出漢字的無窮活力。那些最優秀的『知行合一』的書法家們是中華智慧的實踐者，他們彙成的這條書法之河印證了中華文化的發展。

因此，學習和探求書法藝術，實際上是瞭解中華文化最有效的一個途徑。歷史證明，漢字及其書法衝破了民族文化的隔閡和時空的限制，在世界文明的進程中發生了重要作用。我們堅信，在今後的文明進程中，這一獨特的藝術形式，仍將發揮出巨大的力量。然而，在當代這個社會經濟高速發展、不同文化劇烈碰撞的時期，書法也遭遇前所未有的挑戰，這其間自有種種因素，而漢字書寫的退化，或許是書法之道出現踟躕不前窘狀的重要原因，因此，有識之士深感傳統文化有『迷失』、『式微』之虞。書法藝術的健康發展，有賴對中國文化、藝術真諦更深刻的體認，彙聚更多的力量做更多務實的工作，這是當今從事書法工作的專業人士責無旁貸的重任。

有鑒於此，上海書畫出版社以保存、還原最優秀的書法藝術作品爲目的，承繼五十年出版傳統，出版了這套《中國碑帖名品》叢帖。該叢帖在總結本社不同時段字帖出版的資源和經驗基礎上，更加系統地觀照整個書法史的藝術進程，彙聚歷代尤其是今人對不同書體不同書家作品（包括新出土書迹）的深入研究，以書體遞變爲縱軸，以書家風格爲横綫，遴選了書法史上最優秀的書法作品彙編成一百册，再現了中國書法史的輝煌。

爲了更方便讀者學習與品鑒，本套叢帖在文字疏解、藝術賞評諸方面做了全新的嘗試，使文字記載、釋義的屬性與書法藝術造型、審美的作用相輔相成，進一步拓展字帖的功能。同時，我們精選底本，并充分利用現代高度發展的印刷技術，精心校核，原色印刷，幾同真迹，這必將有益於臨習者更準確地體會與欣賞，以獲得學習的門徑。披覽全帙，思接千載，我們希望通過精心編撰、系統規模的出版工作，能爲當今書法藝術的弘揚和發展，起到綿薄的推進作用，以無愧祖宗留給我們的偉大遺産。

上海書畫出版社

簡介

楊凝式（八七三—九五四），五代書家。字景度，號癸巳人、虛白、希維居士、關西老農。涉之子。華陰（今屬陝西）人。居洛陽。歷仕五代，官至太子少師。體雖蕞眇而精神穎悟。工行、草書，宗法歐陽詢、顔真卿，加以縱逸，宛然成家，是唐宋之際繼往開來的一代大師。喜遨遊佛道祠院，遇山水勝概，輒顧視援筆，且吟且書，洛川寺觀粉壁之上，題記殆遍，時人以其縱誕，呼爲『楊風子』。存世主要書跡有《夏熱帖》、《神仙起居法》、《韭花帖》、《盧鴻草堂十志圖跋》及刻本《新步虛詞》等。

《夏熱帖》，紙本。行草書。縱二十三點八釐米，横三十二釐米。此帖有晉人法度，雖恣肆而不狂惡。間有顔、柳筆意，屬楊書中『筆勢雄傑』的一種風格。此帖有趙孟頫、項元汴、曹溶、納蘭成德和乾隆、嘉慶内府等鑒藏印記。現藏故宫博物院。《珊瑚網書跋》、《式古堂書畫彙考》、《平生壯觀》、《石渠寶笈初編》等書均有著録。

《神仙起居法帖》，紙本。文凡八行，草法奇矯恣肆，老筆紛披，用筆遒勁酣暢，天真縱逸，不拘成法，而法度俱在，黄庭堅稱其爲『散僧入聖』。現藏故宫博物院。

《韭花帖》，紙本。行書。七行，六十三字。書法古茂遒麗，風度凝遠，行字間疏朗淡雅。明董其昌云：『楊書筆勢雄傑，有二王、顔、柳之概。』鈐有『端本家傳』、『紹興』、『御書之寶』、『松雪齋』、『何良俊印』、『清森閣書畫印』、『項元汴印』、『陳定』等鑒藏印。帖後有張晏、賈希朱、陳繼儒等跋。現以羅振玉藏本、無錫博物院藏本（此爲清内府藏本，雖爲摹本，但體例格式保持了原帖全貌，極具參考借鑒價值）、及《戲鴻堂帖》刻本合併刊出，以供欣賞、學習和研究。

《盧鴻草堂十志圖跋》，紙本。行書。八行，七十七字。書法雄厚古樸，逸態横生。曾經趙子固、嚴嵩、項元汴、張則之、高士奇及内府等收藏。現藏臺北故宫博物院。《清河書畫舫》、《石渠寶笈續編》等有著録。

《新步虛詞》，刻本。該帖爲楊凝式行草書代表作，風格近《神仙起居法帖》，因字數多，因而爲學習和研究楊凝式書法提供了方便。現據朵雲軒藏《戲鴻堂帖》刻本影印出版。

夏熱帖

體履：身體和步履。指生活起居。按：『體履佳』是問句，即詢問對方身體是否安好的意思。

酥蜜水：用酥酪與蜂蜜調製的水。酥蜜亦可作藥用或製糕餅。《法苑珠林》卷十五：『（太子）安雁膝上，以妙滑左手擎持，右手拔箭，即以酥蜜封其瘡。』《宋史・禮志五》：『祭北方天王於北郊迎氣壇，用香、柳枝、燈油、乳粥、酥蜜餅、果。』按：我國唐宋時期即有食用乳製品的記載，皇室並有采製乳製品的專門機構。《舊唐書・職官三》：『主酪五十人，令掌牧雜畜，造酥酪、脯臘，給納之事。』《宋史・職官四》：『乳酪院，掌供造酥酪。』

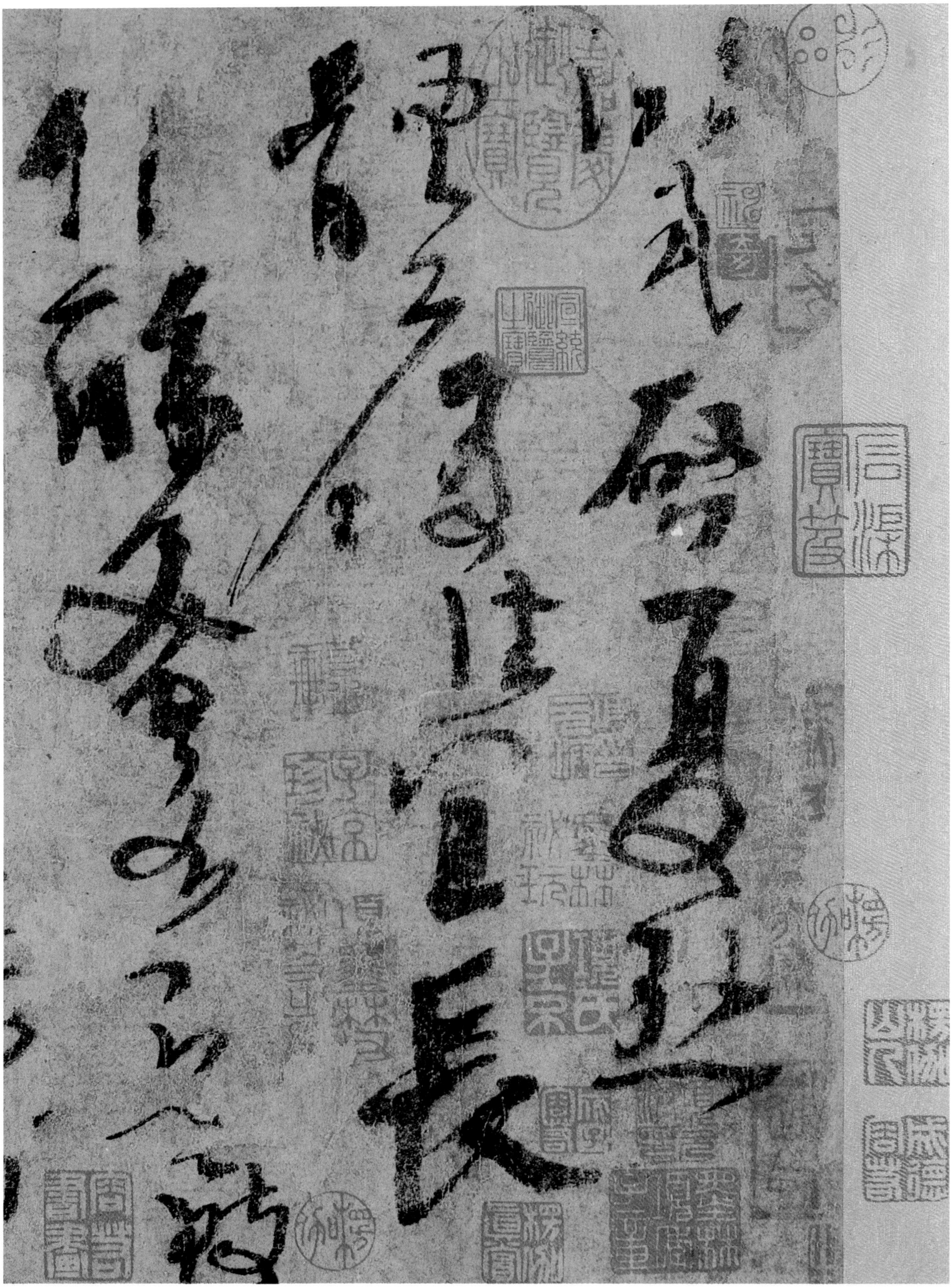

凝式啓：夏熱，／體履佳？宜長／飲酥蜜水，即欲致／

法席：講解佛、道之法者的座席。用作對脩行者的敬稱。

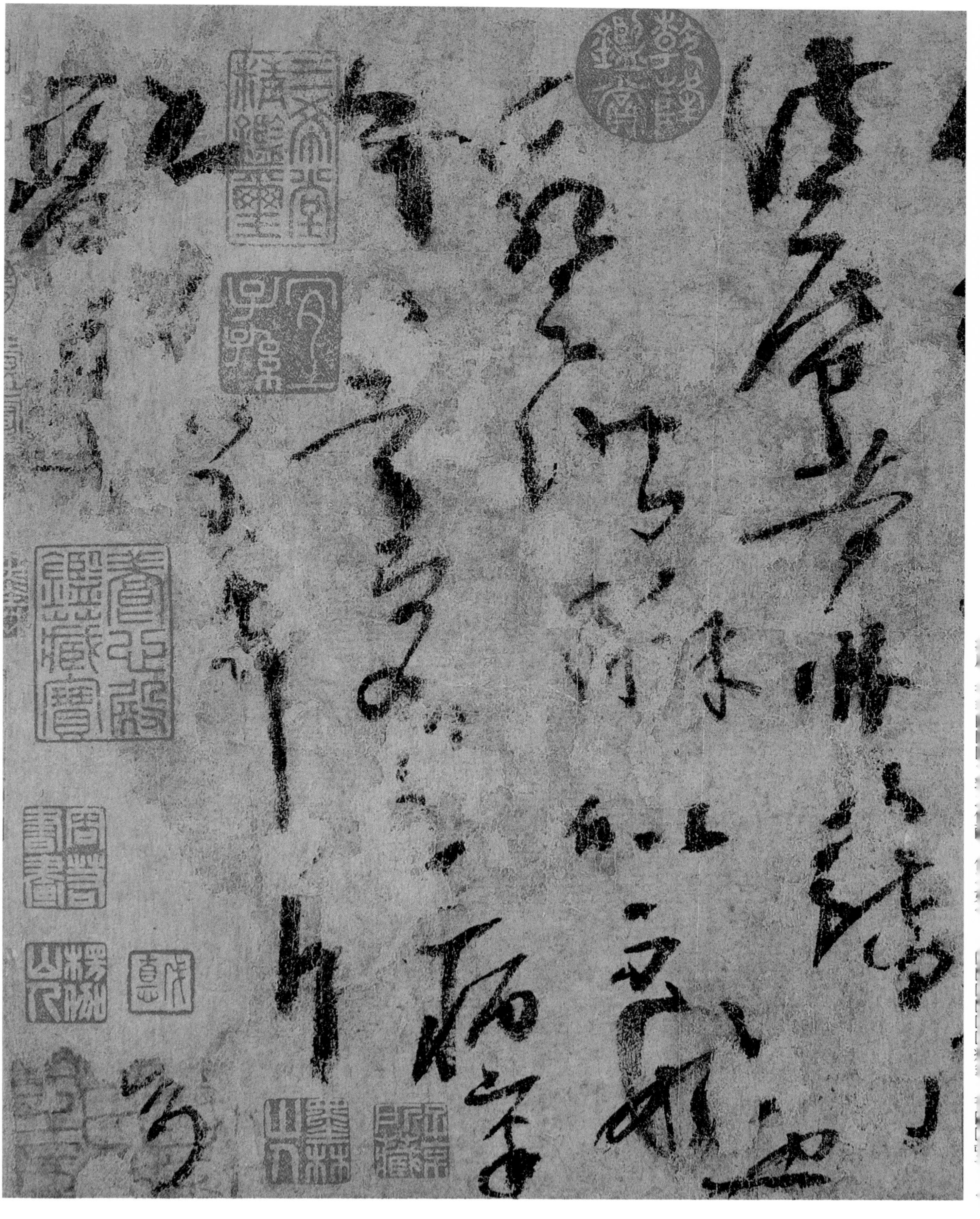

神仙起居法

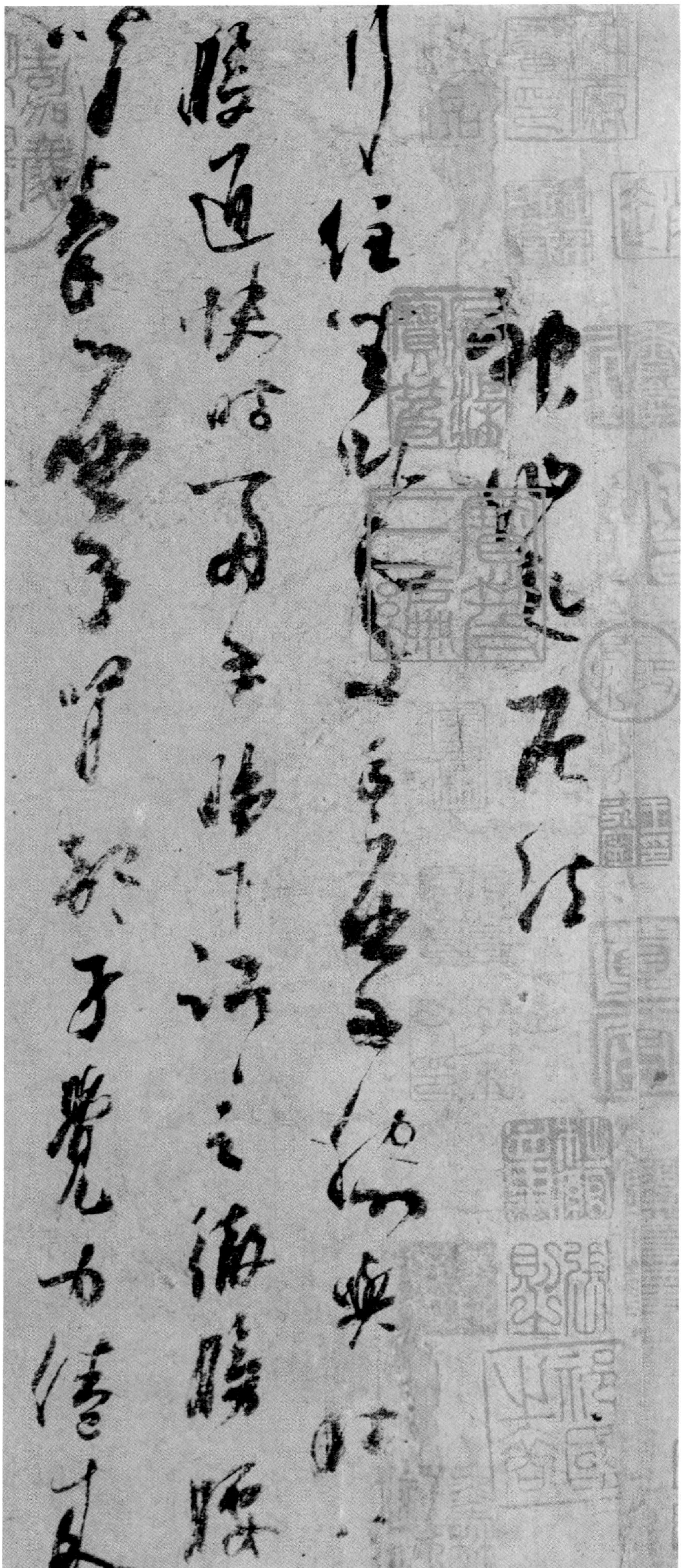

神仙起居法。／行住坐卧處，手摩脅與肚。心／腹通快時，兩手腸下踞。踞之徹膀腰，／背拳摩腎部。才覺力倦來，／

神仙起居法：日常生活作息中的養生脩仙方法。

脅：兩腋下肋骨所在的部分。

踞：本義是兩腿張開伸直而坐。此處引申爲叉開兩手。

徹：通達。膀腰：腰肋部分。膀，本義爲『脅』。此句大概是説叉開兩手在腹下至腰肋間輕按一周。

背拳摩腎部：用拳背按摩腎部。

即使家人助。行之不厭頻，晝／夜無窮數。歲久積功成，漸入／神仙路。乾祐元年冬殘臘暮，／華（陽）焦上人尊師處傳，楊凝式。／

乾祐：五代後漢年號。乾祐元年爲九四八年。

冬殘臘暮：冬季將盡的十二月末。

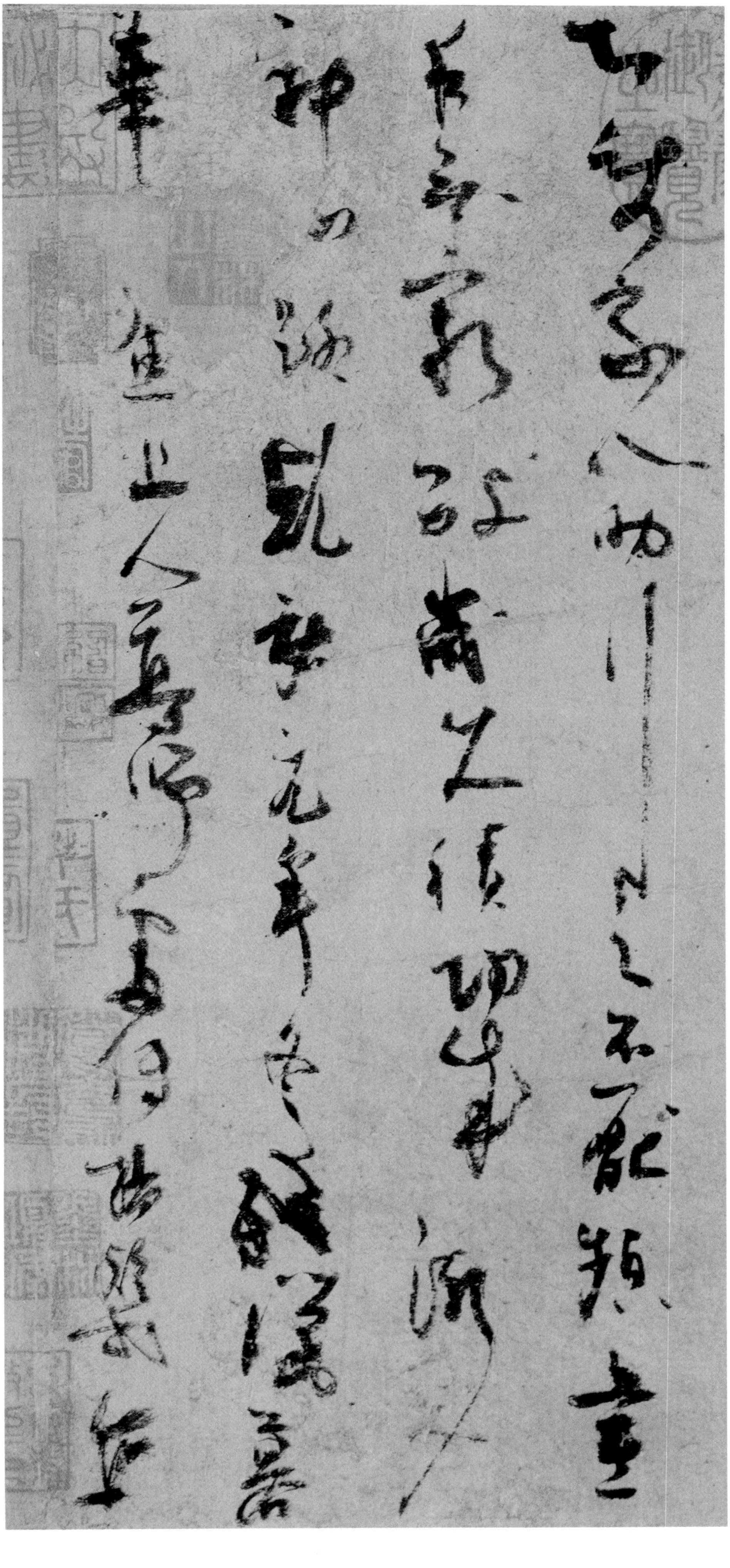

韭花帖

晝寢乍興：午睡剛剛起來。

輖：同『朝』。朝飢，本指早晨空腹時感到的飢餓，此處引申爲午睡後的飢餓感。語出《詩經·周南·汝墳》：『惄如調飢。』調，通『朝』。按，『輖』字不見於經典。典籍中將此字寫作『輖』。唐陸德明《經典釋文》卷五：『調，張留反。朝也。又作輖，音同。』據此，後世遂以『調』、『朝』、『輖』三字通用。此字或本應作『輖』，典籍傳寫訛作『輖』。《說文》：『輖，重也。從車周聲。職流切。』

簡翰：書信，手劄。

猥：謙詞，等於說『辱承』。

飧：同『飧』，食物，熟食。

肥羜：肥嫩的小羊羔。《詩經·小雅·伐木》：『既有肥羜，以速諸父。』

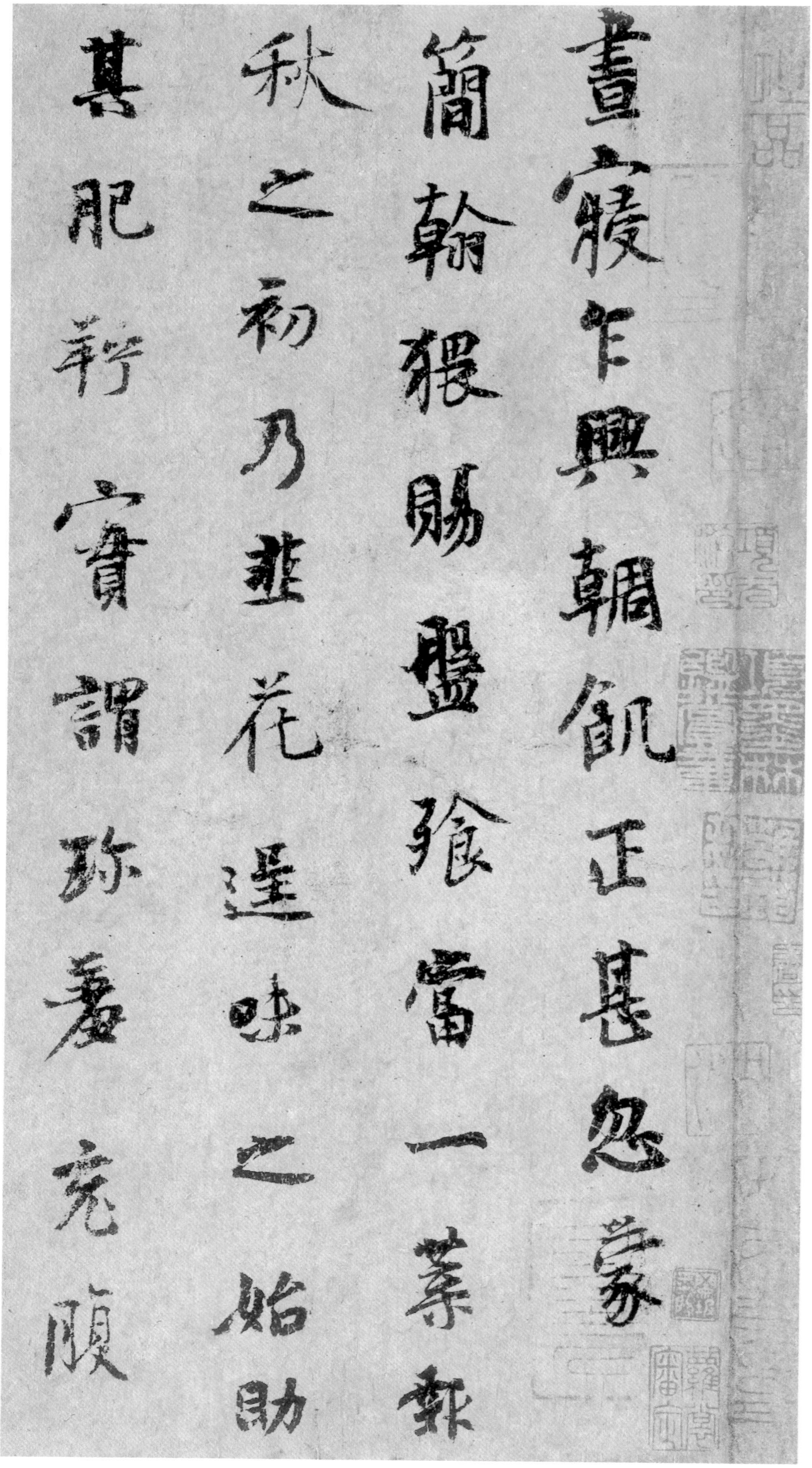

【羅振玉藏本】晝寢乍興，輖飢正甚。忽蒙/簡翰，猥賜盤飧。當一葉報/秋之初，乃韭花逞味之始。助/其肥羜，實謂珍羞。充腹/

一葉報秋：見一片落葉，知秋天來臨。形容初秋時節。語本《淮南子·說山訓》：『以小明大，見一葉落而知歲之將暮，睹瓶中之冰而知天下之寒。』

韭花：即韭菜花。古稱『菁』。《說文解字》：『菁，韭華也。』韭菜於夏秋之際開傘狀花序的白色小花，通常趁其將開未開時採摘，磨碎後醃製成醬食用，其味微辣而有韭香。韭花醬在古代爲『七菹』之一。（『菹』即指醃菜、醬。）《周禮·天官·醢人》：『凡祭祀……以五齊、七醢、七菹、三臡實之。』鄭玄注：『七菹，韭、菁、茆、葵、芹、菭、筍。』《太平御覽》卷八五五引漢崔寔《四民月令》曰：『八月收韭菁擣齏。』（『擣齏』表

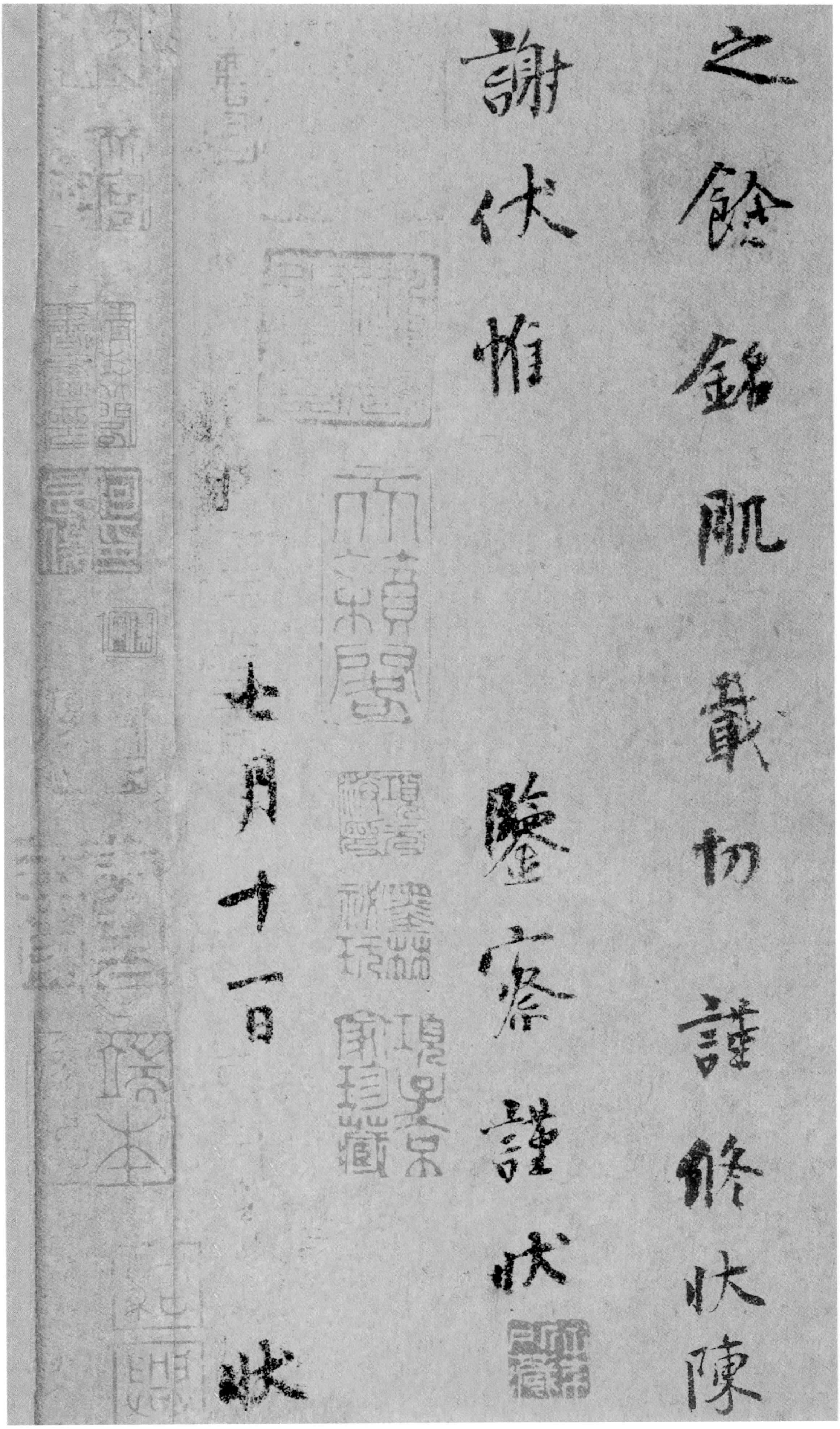

示搗碎爲醬。）以韭花醬佐食肉類，是傳統的美食方法。元許有壬《韭花》詩云：『西風吹野韭，花發滿沙陀。氣較葷蔬媚，功於肉食多。濃香跨姜桂，餘味及瓜茄。』此帖下文曰『助其肥羜，實謂珍羞』，也正是此種食法。

銘肌載切：刻骨銘心。

脩狀：敘述自己的情況。

之餘，銘肌載切。謹脩狀陳／謝，伏惟鑒察。謹狀。／七月十一日，（凝式）狀。／

清高宗題首

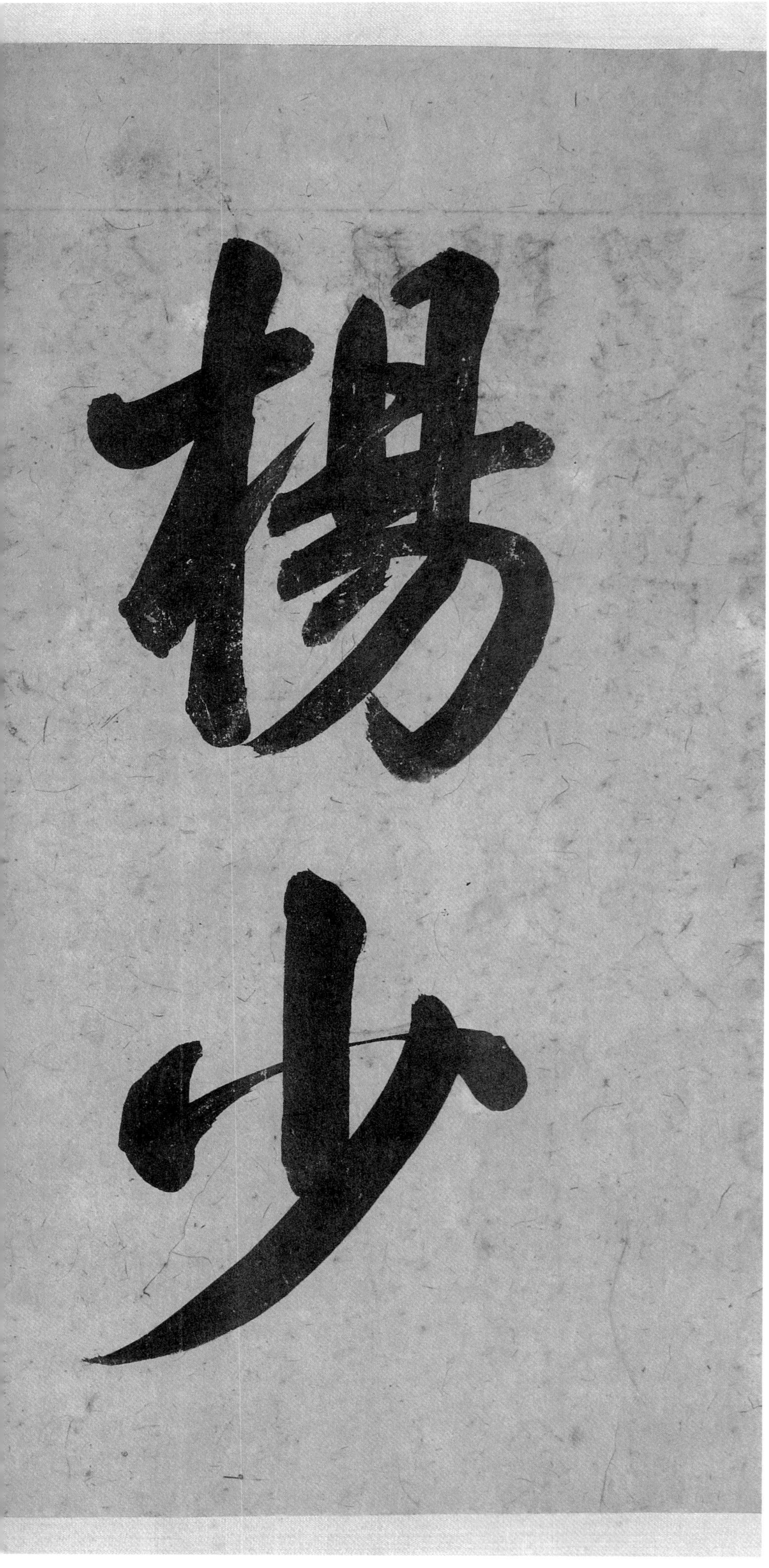

【無錫博物院藏本】

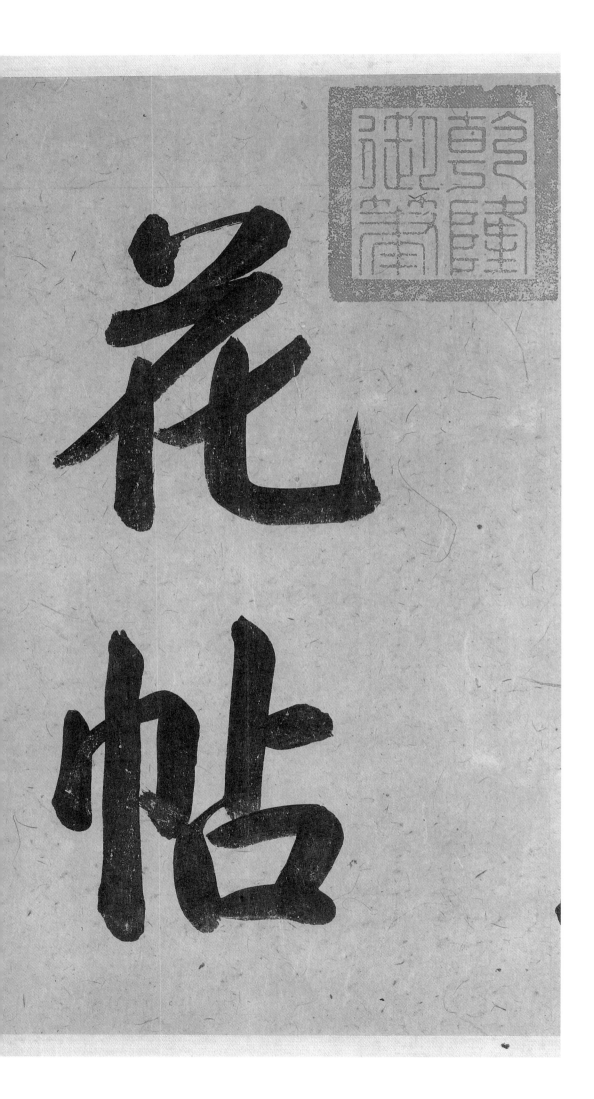

乾隆御賞

花帖

妙蹟

晝寢乍興輖飢正甚忽蒙
簡翰猥賜盤飧當一葉報
秋之初乃韭花逞味之始助
其肥羜實謂珍羞充腹

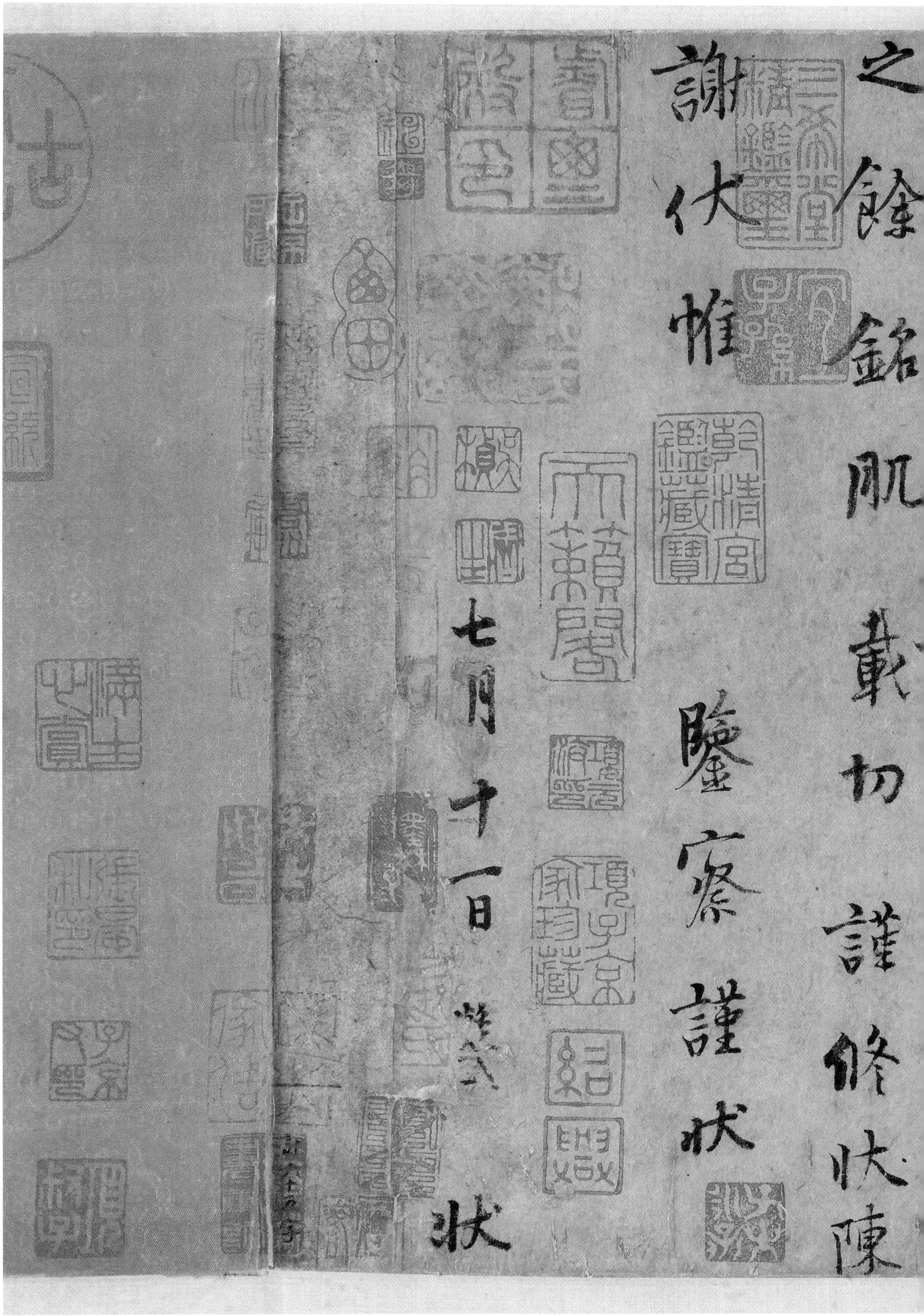
之餘銘肌載切謹修狀陳
謝伏惟鑒察謹狀
七月十一日襄狀

大德壬寅忠宣後人張晏嘗收

清高宗題跋

名翰留傳謝韭花，軒軒舉欲擬飛霞。馳情詎為鑒賞計，乞米流風本一家。

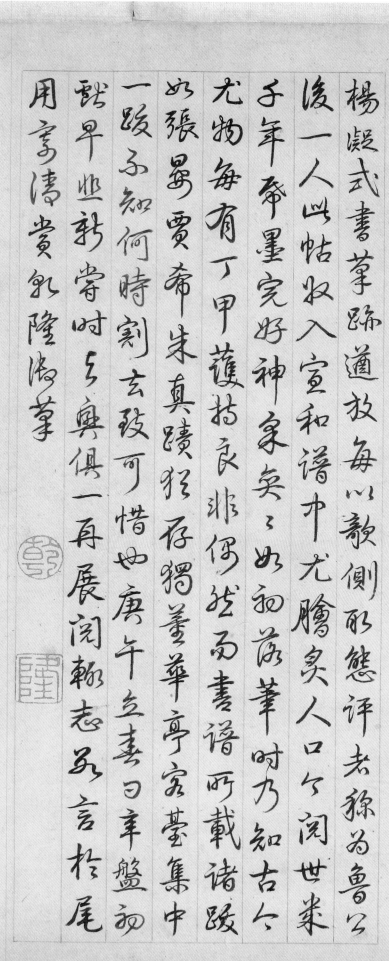

甲戌早春重展因題御筆

楊凝式書草跡遒放，每以欹側取態，評者稱為魯公後一人，以帖收入宣和譜中，尤膾炙人口。今閱世幾千年，希墨完好，神采奕奕，如初落筆時，乃知古今尤物，每有丁甲護持，良非偶然。而書譜所載諸跋，如張晏、賈希朱真蹟猶存，獨董華亭容臺集中一跋，不知何時割去，殊可惜也。庚午立春日，辛盤初試早韭新嘗時，乃與俱一再展閱，輒志數言於尾，用寄清賞。乾隆御筆

宣和書譜載楊凝式正書韭花帖商旅
般渡紹興以厚價購得之於江南
可與參政湖西廻携來相惠大德八年歲
在甲辰三月初吉集賢學士嘉議大夫兼
樞密院判張晏敬書

此帖元奎章閣舊畜也須賜與封巨
鹿王時公元社屋時王弟　携避通
許蘆氏里
國初希朱高祖文稿中有此題跋決唐
物無疑也今其孫瑭與其婿崔應奎
秀才始售之闉被賜時有蘇武牧羊
圖一玉壺印一今止存此帖云
正德壬申夏通許人賈希朱記

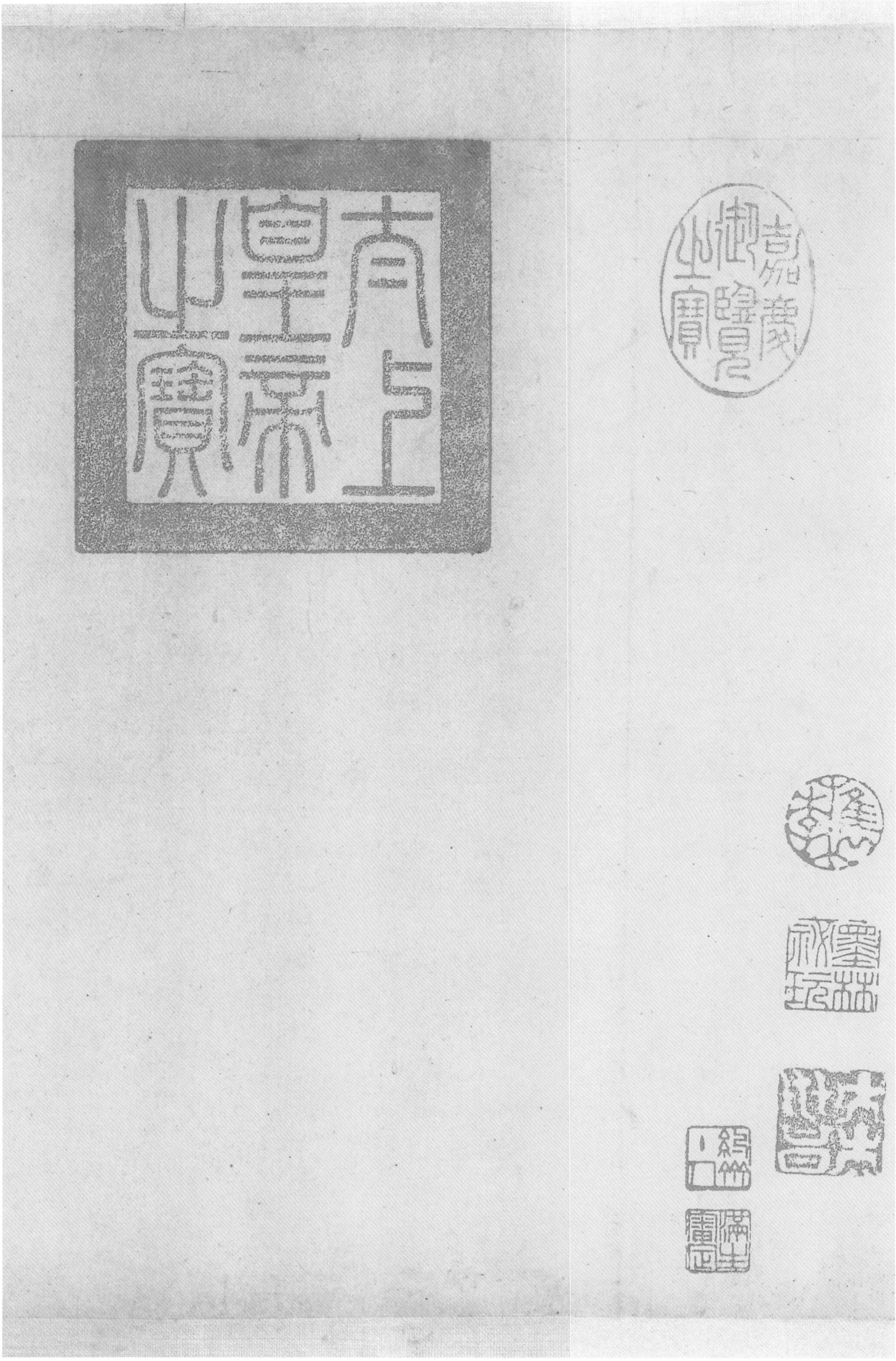
太上皇帝之寶
嘉慶御覽之寶

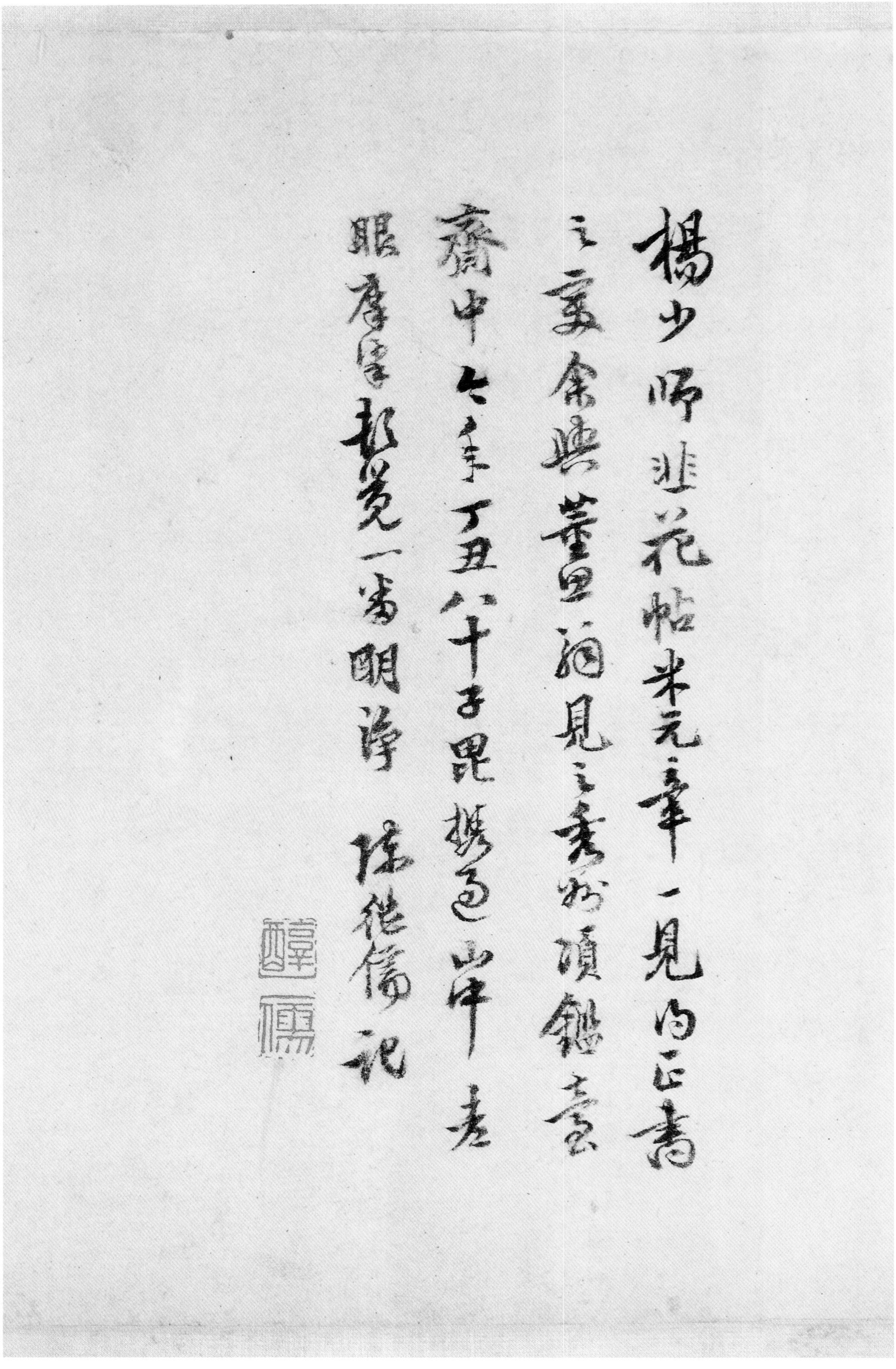
楊少師韭花帖米元章一見即正書
之宴余與董思翁見之秀水項鑒臺
齋中今年丁丑八十于毘陵再見老
眼摩挲覺一倍明淨　陳繼儒記

題楊少師韭花帖後

春畦雨後薤蔬甲，五代風流映韭花。八百年来誰作祖，十三行外自成家。涪翁美譽塵埃絕，米老清評品格賒。博雅翩翩張學士，珍藏妙蹟果非差。

韭花韡韡動秋蔬，歷歲經霜久未枯。味壓羹鯖思學圃，氣凌奉橘欲吞吳。與顏上下名何重，並柳低昂品不孤。七百卜年尚完美，若非神護定為蜀。

崇禎十七年甲申冬至日朗白父徐守和

悲花帖膾炙舊譜今覯真蹟風度瀟遠古
法迺逸虞歐後欲自作祖矣楊少師故是
參悟一流卓然見其道韻翩躚高邁襄
陽驚歎何怪爲余輩得見此八百年神明
物良是大幸事周生兄鑒藏一何多奇時
倪遯菴同在座咀歎不能捨云
同社鏡汭韶識

五福五代堂古稀天子寶

楊少師韭花帖董香光刻入鴻堂中者也

少時曾在平湖高文恪家見之今再入仙源自歎凡骨如披卷首有煙客奉常題簽

相國父子圖書知甚
曾貯西唐康池騎縫
於雪印識宛然不特此
帖閱七百餘年即褾

綾上自元時到今矣
東坡有云吾乃天公之
兒守又云人生寓得如此
壽斯之謂歟
乾隆五年九月張照敬識

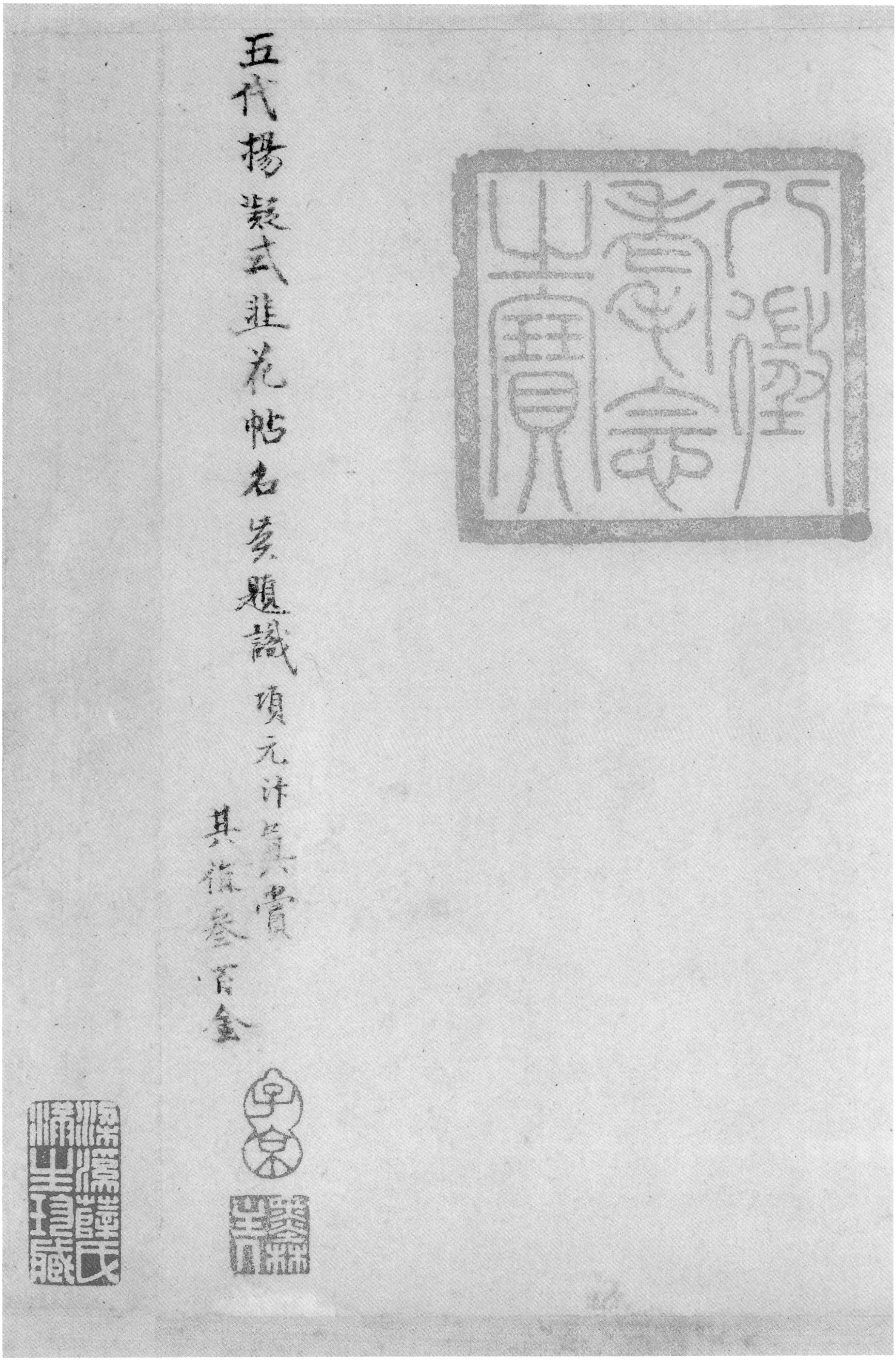

五代楊凝式韭花帖名賢題識 項元汴真賞

其值叁百金

晝寢乍興輖飢正甚忽蒙
簡翰猥賜盤飧當一葉報
秋之初乃韭花逞味之始助
其肥羜實謂珍羞充腹

之餘銘佩載切謹修狀陳

謝伏惟

鑒察謹狀

七月廿一日　狀

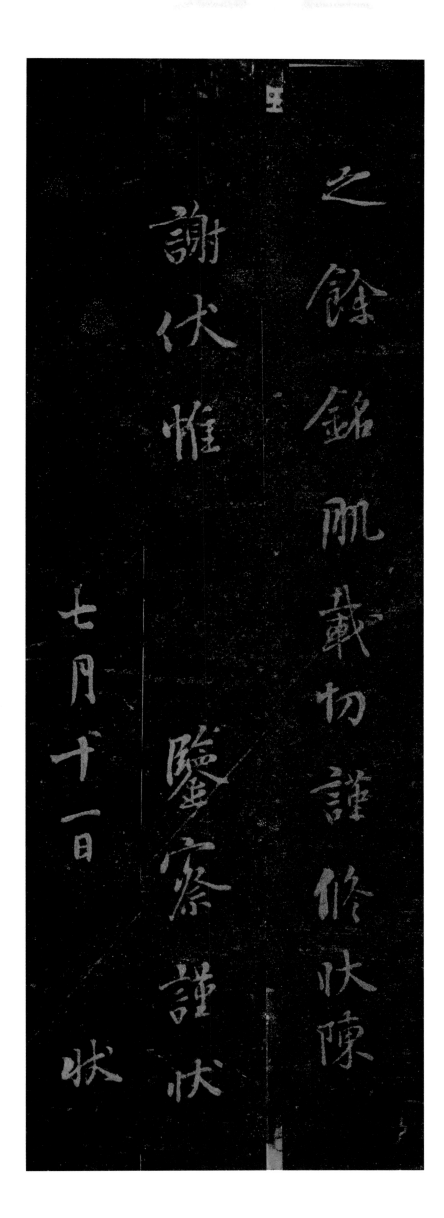

新步虛詞

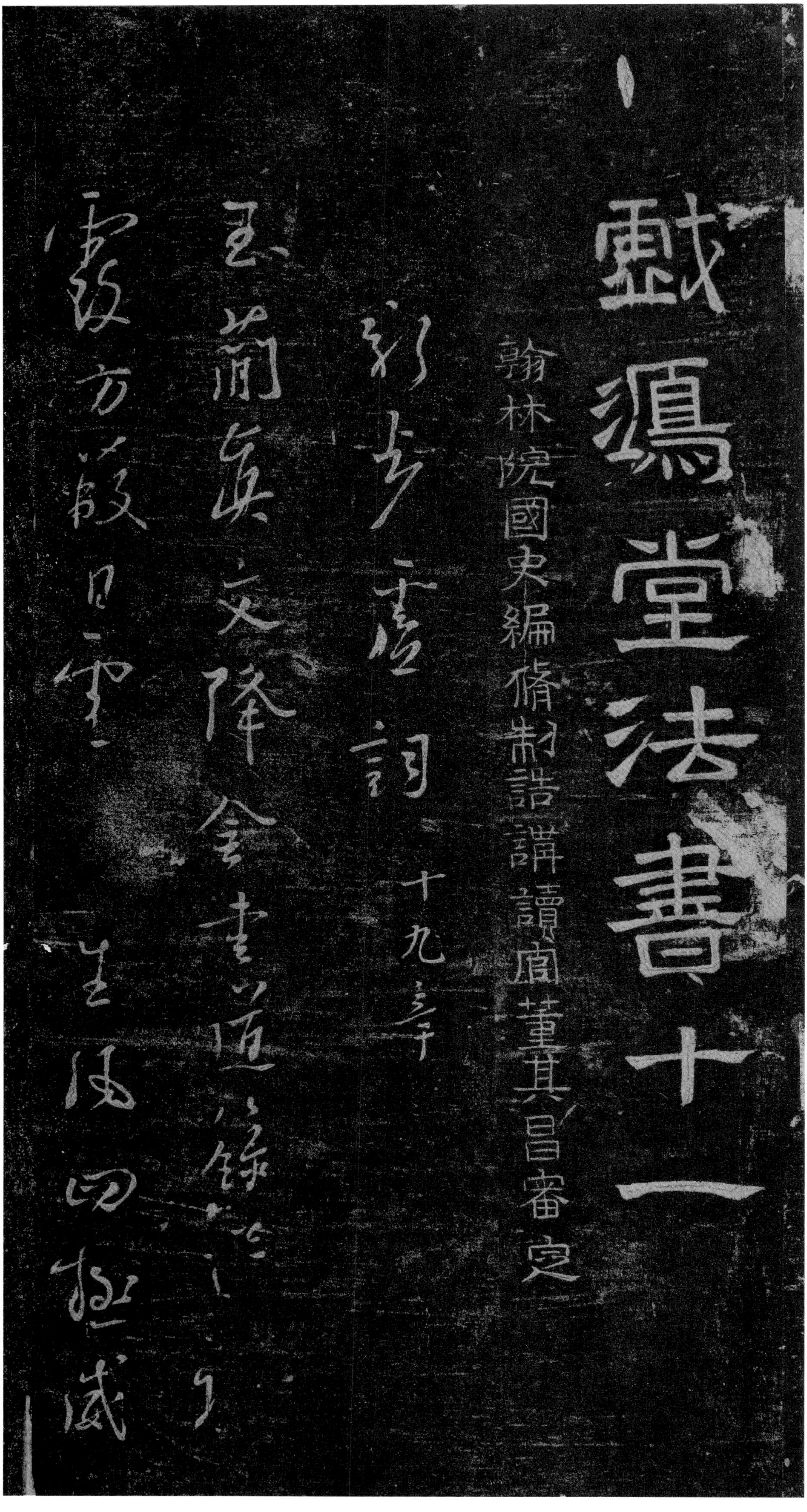
戲鴻堂法書十一
翰林院國史編脩制誥講讀官董其昌審定
新步虛詞十九章
玉簡真文降金書道籙通
霞方蔽日雲生風四極威

【戲鴻堂刻本】新步虛詞十九章。／玉簡真文降，金書道籙通。（煙）／霞方蔽日，雲（雨已）生風。四極威／

《新步虛詞》：作者韋渠牟，唐京兆萬年人。少警悟，工詩，李白異之，授以古樂府。去爲道士，更爲僧，已而還俗。官終太常卿。今存詩二十一首，其中就有此《步虛詞十九首》。

《步虛詞》：或稱《道士步虛詞》，樂府雜曲歌名。唐吴兢《樂府解題》云：『《步虛詞》，道家曲也，備言衆仙縹緲輕舉之美。』（《樂府詩集·雜曲歌辭十八·步虛詞》郭茂倩題解所引）古人多有同類之作，如北周庾信有《道士步虛詞》十首傳世。爲與古人作品相別，故此處稱《新步虛詞》。

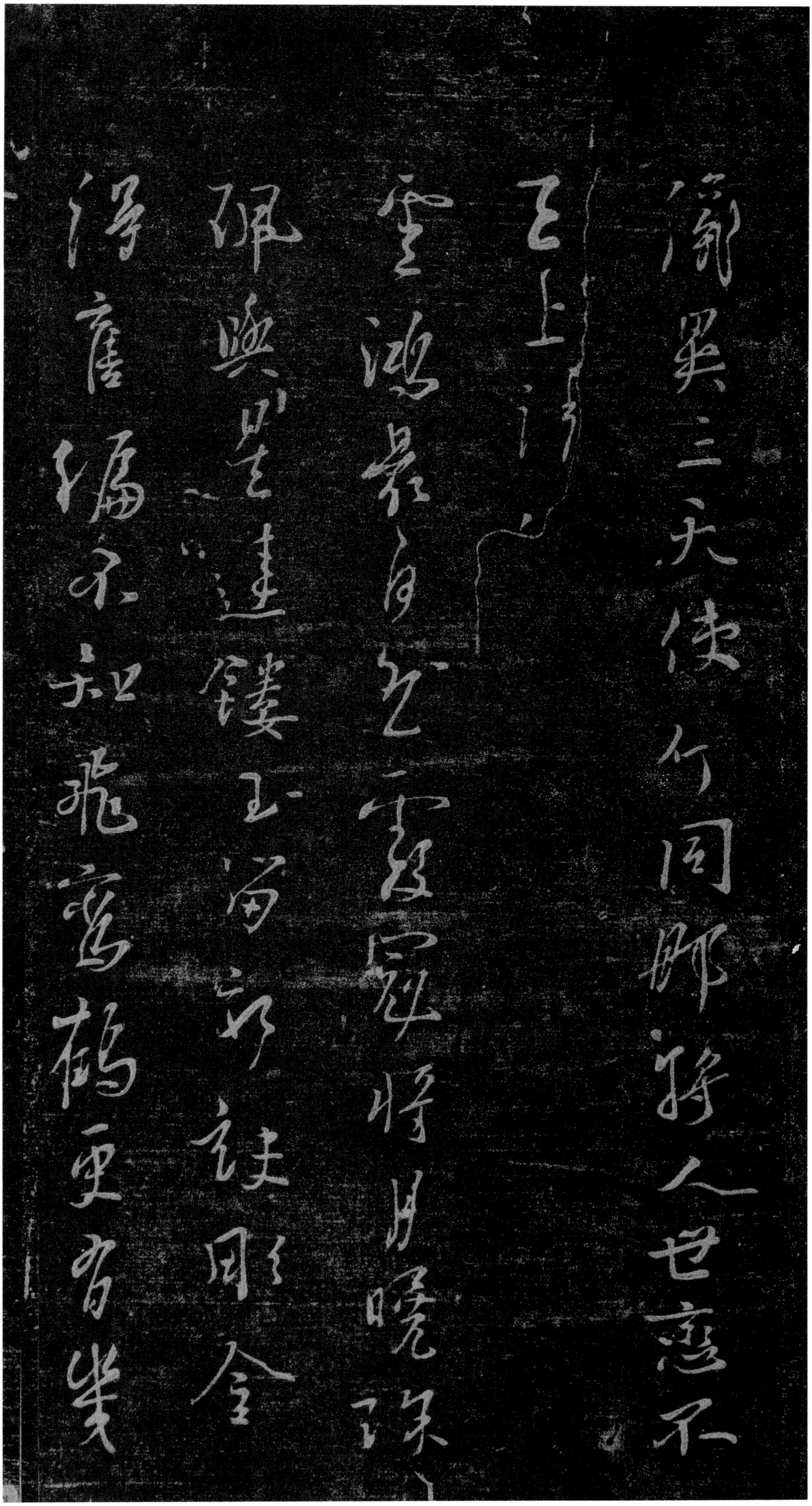

儀異，三天使（命）同。那將人世戀，不／去上清（宮。一章。）（羽駕正翩翩），／雲鴻最自然。霞冠將月曉，珠／珮與星連。鏤玉留新訣，雕金／得舊編。不知飛鸞鶴，更有幾／

三天：道教稱清微天、禹餘天、大赤天爲三天。

鸞鶴：鸞與鶴。相傳爲仙人所乘。

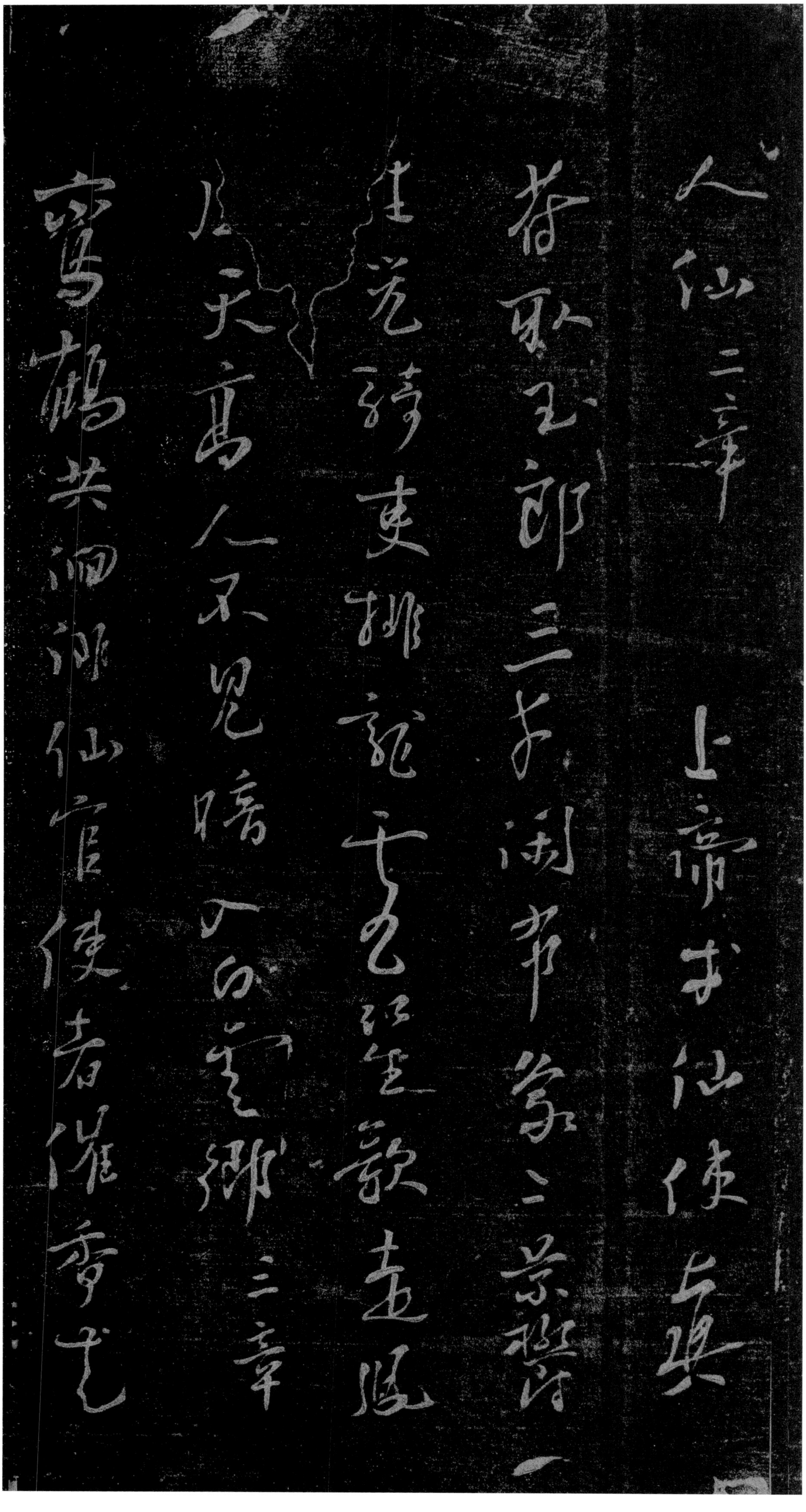

人仙。二章。　上帝求仙使，真／符取玉郎。三才閑布象，二景鬱／生光。騎吏排龍虎，笙歌走鳳（凰）。／天高人不見，暗入白雲鄉。三章。／鸞鶴共徘徊，仙官使者催。香花／

玉郎：道家所稱的仙官名。唐李商隱《重過聖女祠》詩：『玉郎會此通仙籍，憶向天階問紫芝。』馮浩注引《登真隱訣》：『三清九宮並有僚屬，其高總稱曰道君，次真人、真公、真卿，其中有御史、玉郎諸小輩，官位甚多。』

三才：天、地、人。《易·說卦》：『是以立天之道曰陰與陽，立地之道曰柔與剛，立人之道曰仁與義。兼三才而兩之，故《易》六畫而成卦。』

二景：指日月。

騎吏：出行時隨侍左右的騎馬的吏員。

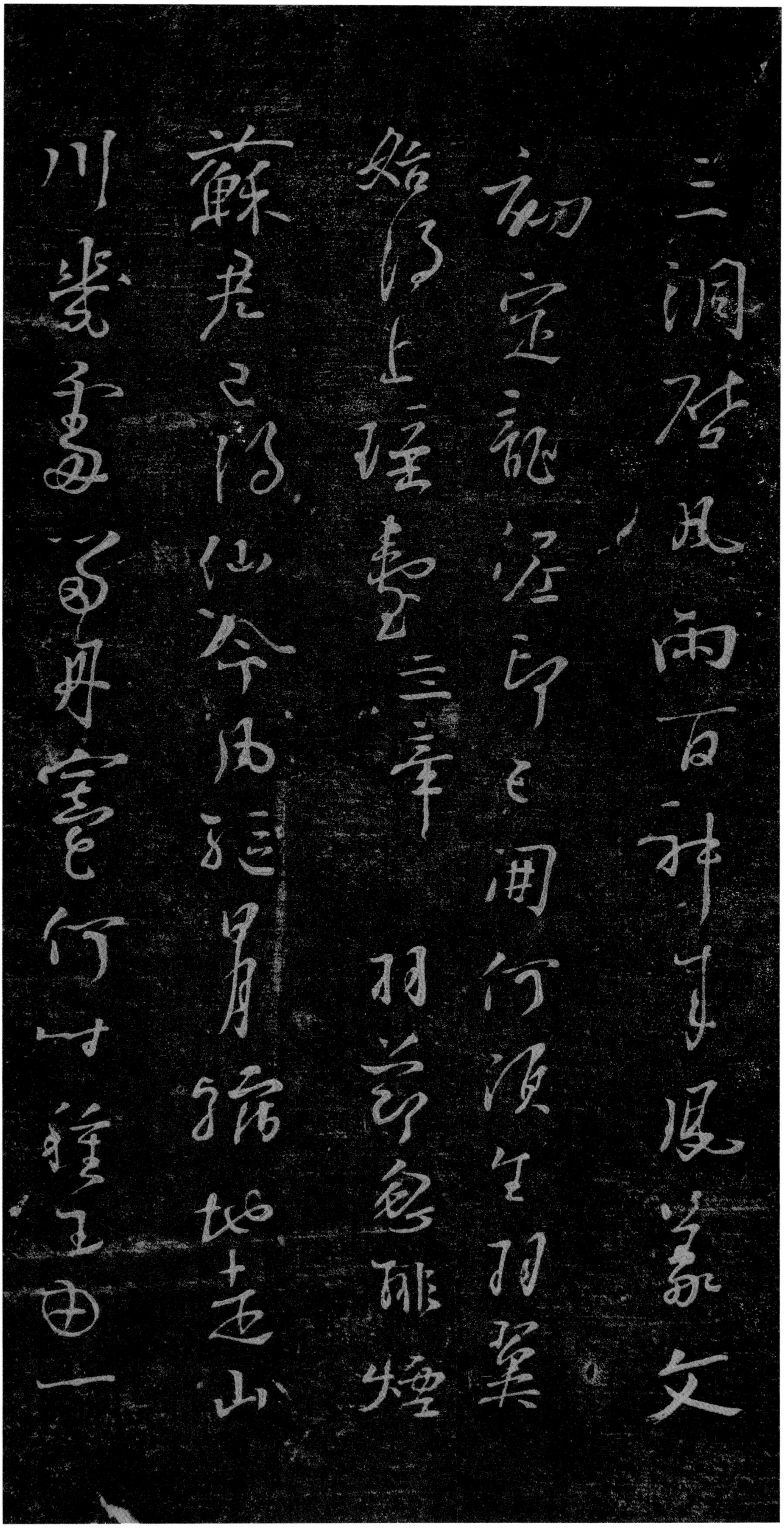

三洞啓，風雨百神來。鳳篆文╱初定，龍泥印已開。何鬚生羽翼，╱始得上瑶臺。四章。　羽節忽緋煙，╱蘇君已得仙。命風驅日月，縮地走山╱川。幾處留丹竈，何時種玉田。一╱

三洞：泛指指道家的名山洞府。

丹竈：煉丹用的爐竈。

縮地：傳説中化遠爲近的神仙之術。晉葛洪《神仙傳·壺公》：『費長房有神術，能縮地脈，千里存在，目前宛然，放之復舒如舊也。』

種玉田：晉干寶《搜神記》卷十一：『楊公伯雍，雒陽縣人也，本以儈賣爲業，性篤孝，父母亡，葬無終山，遂家焉。山高八十里，上無水，公汲水作義漿於阪頭，行者皆飲之。三年，有一人就飲，以一斗石子與之，使至高平好地有石處種之，云：「玉當生其中。」楊公未娶，又語云：「汝後當得好婦。」語畢，不見。乃種其石，數歲，時時往視，見玉子生石上，人莫知也。有徐氏者，右北平著姓女，甚有行，時人求，多不許；公乃試求徐氏，徐氏笑以爲狂，因戲云：「得白璧一雙來，當聽爲婚。」公至所種玉田中，得白璧五雙，以聘。徐氏大驚，遂以女妻公。天子聞而異之，拜爲大夫。乃於種玉處四角，作大石柱，各一丈，中央一頃地名曰「玉田」。』

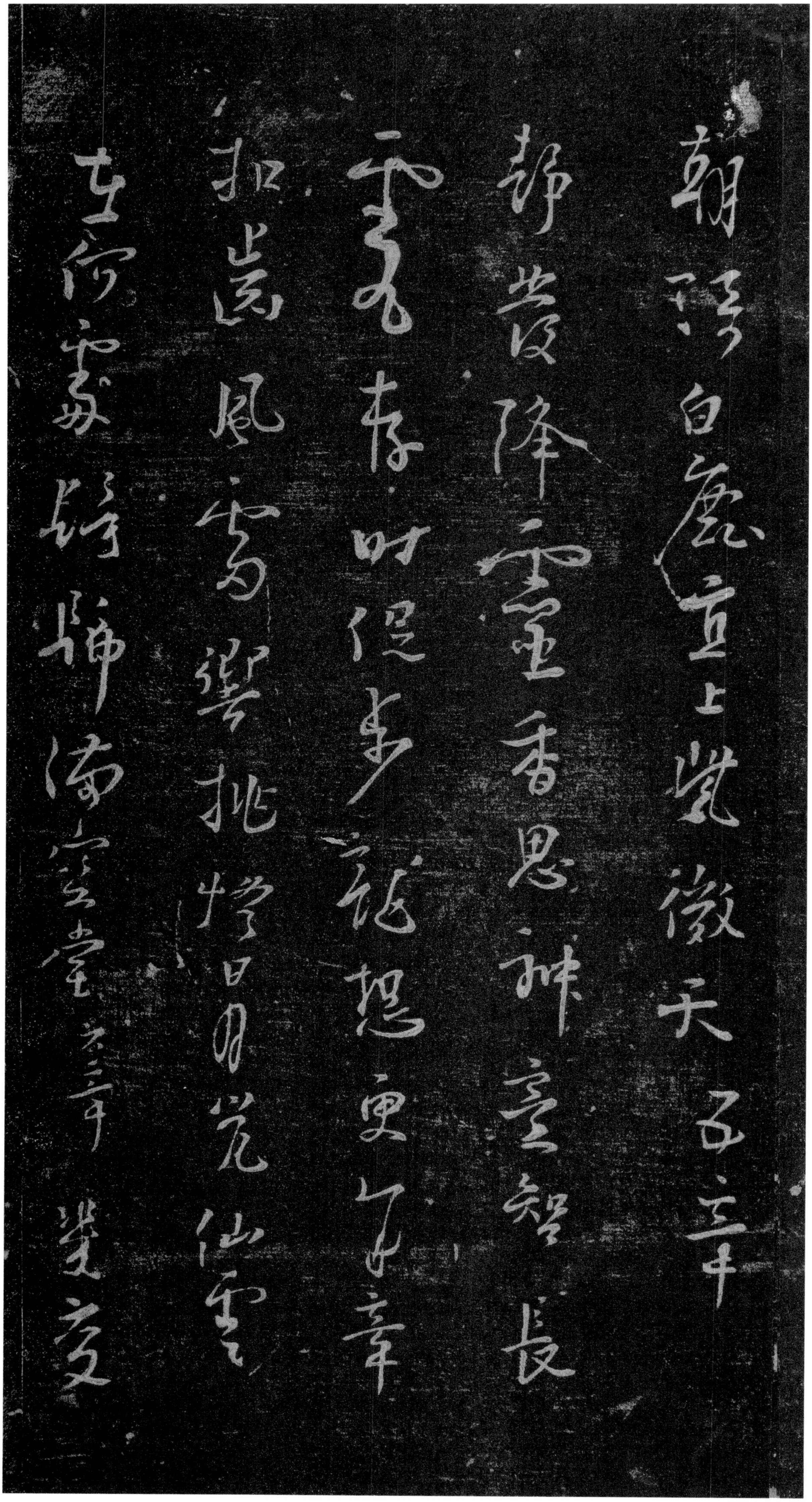

朝騎白鹿，直上紫微天。五章。/静發降靈香，思神意智長。/虎存時促步，龍想更成章。/扣齒風雷響，挑燈日月光。仙雲/在何處，仿佛滿空堂。六章。　幾度/

促步：急步，快走。

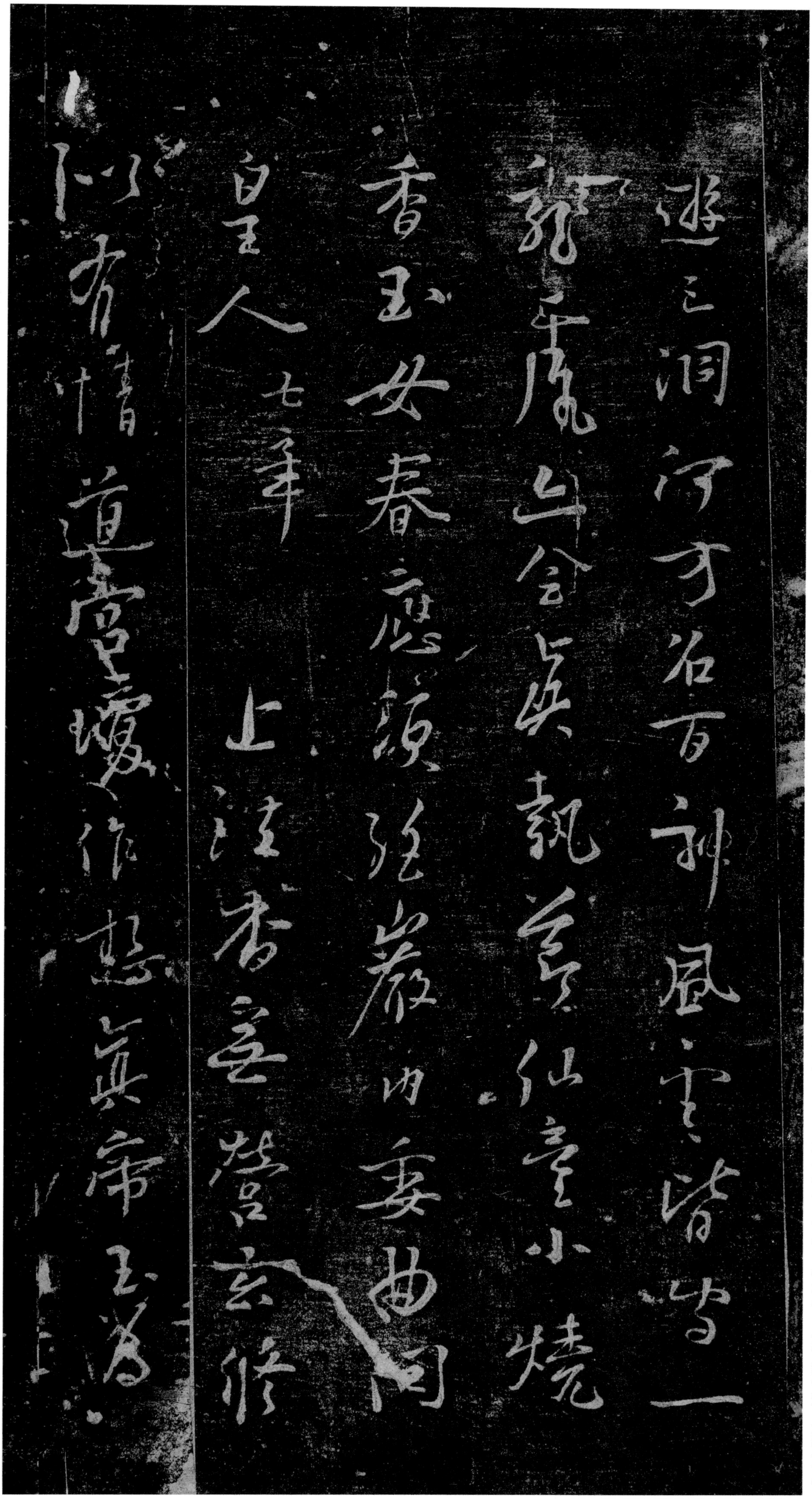

遊三洞，何方召百神。風雲皆守一，龍虎亦全真。執節仙童小，燒香玉女春。應須絶岩内，委曲問皇人。七章。

上法杳無營，玄脩似有情。道宫瓊作想，真帝玉爲

皇人：道家稱泰壹氏爲皇人。宋羅泌《路史・前紀三・泰壹氏》：『泰壹氏，是爲皇人，開圖挺紀，執大同之制，調大鴻之氣，正神明之位者也。』

全真：保全天性。語出《莊子・盜蹠》：『子之道狂狂汲汲，詐巧虛僞事也，非可以全真也，奚足論哉！』

上法：指高深靈妙的道術或仙術。

守一：道家脩養之術，謂專一精思以通神。語出《莊子・在宥》：『我守其一以處其和，故我脩身千二百歲矣，吾形未常衰。』

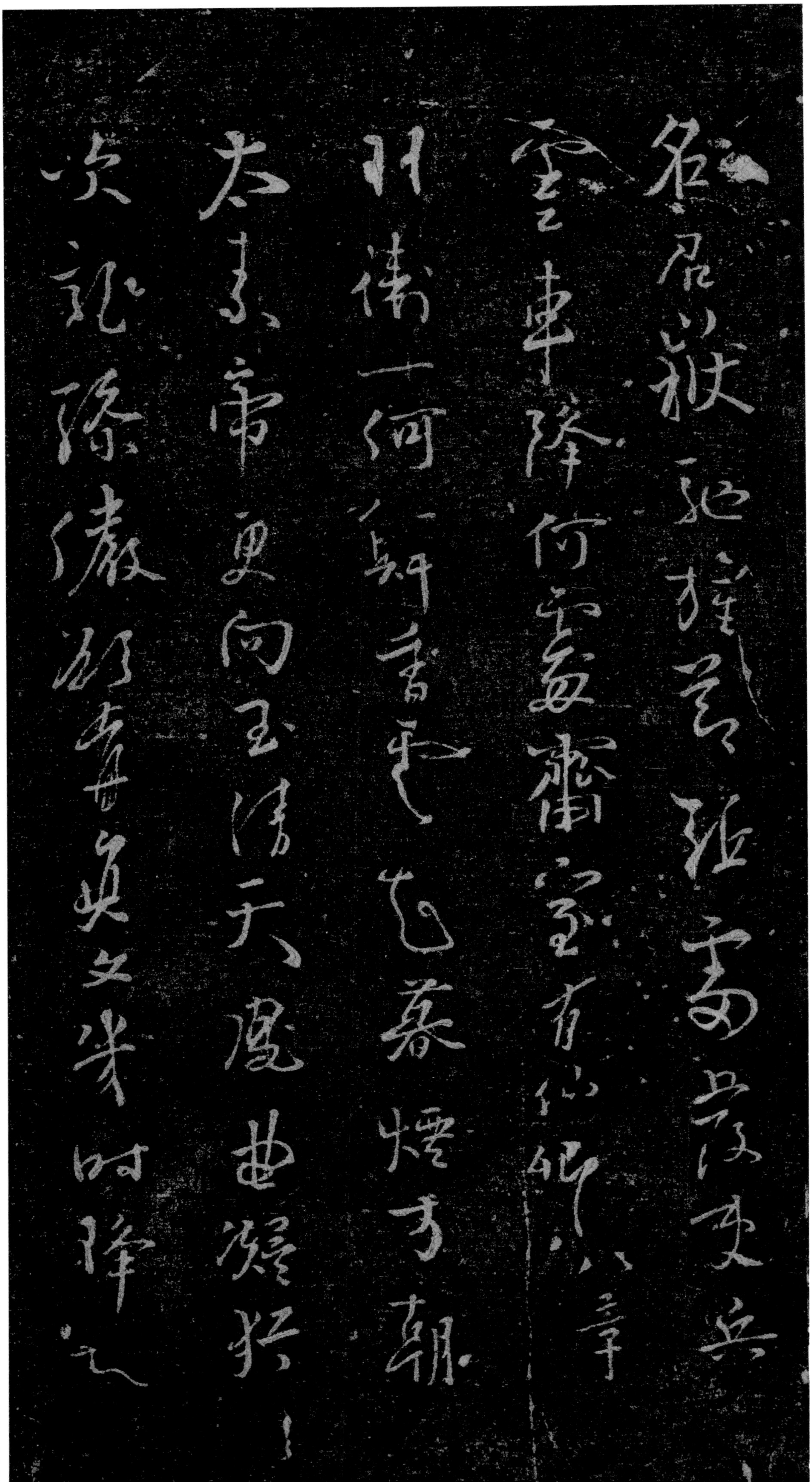

名。君嶽馳旌節，驅雷發吏兵。／雲車降何處，齋室有仙卿。八章。／羽衛一何（鮮），香雲起暮煙。方朝／太素帝，更謁玉清天。鳳曲凝猶／吹，龍驂儼欲前。真文幾時降，知／

真文：道家的經文。

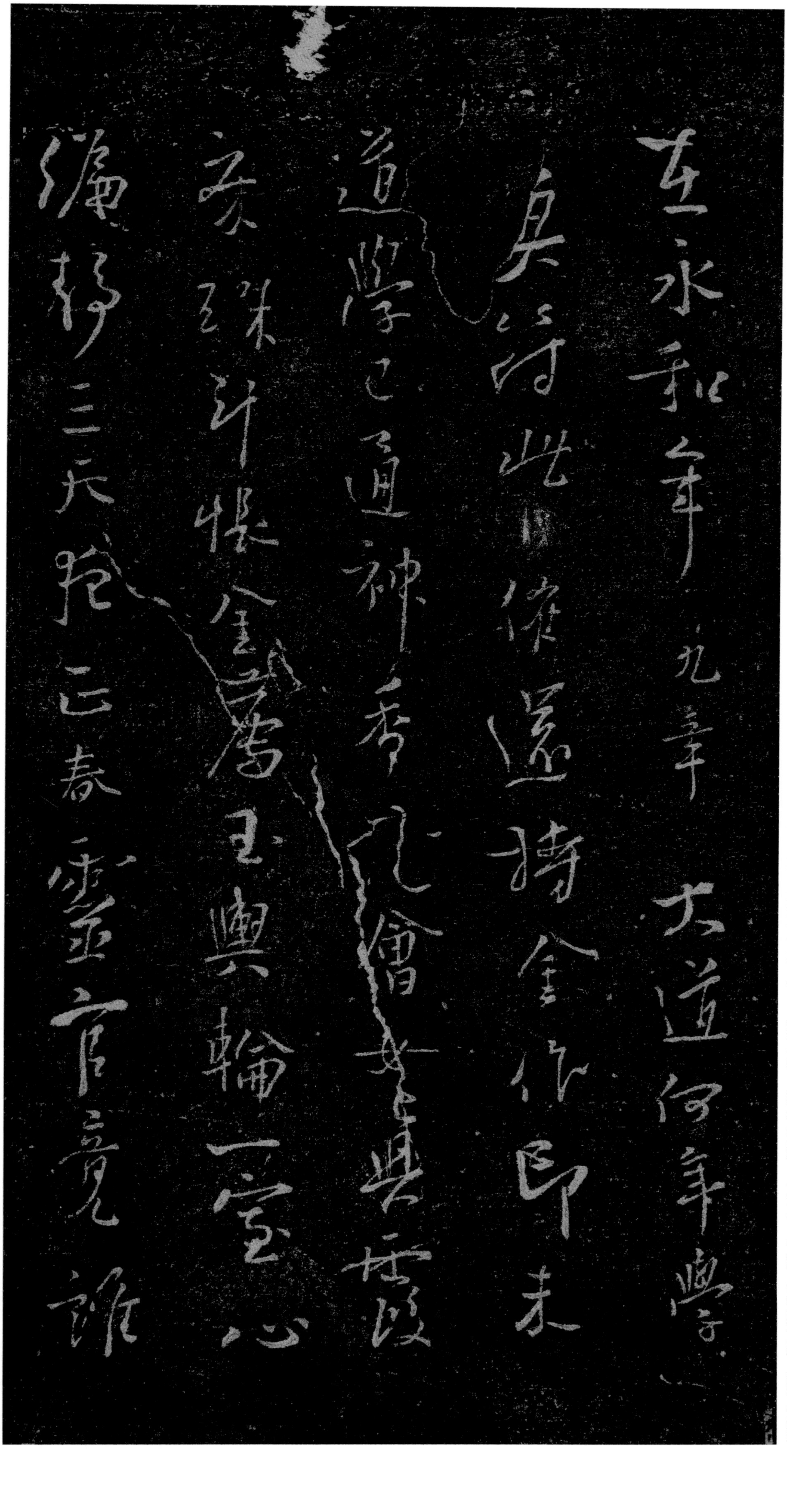

在永和年。九章。　大道何年學，／真符此日催。還持金作印，未／（要玉）（以下及十一章缺）道學已通神，香花會女真。霞／床珠斗帳，金薦玉輿輪。一室心／偏靜，三天夜正春。靈官竟誰／

金薦：黃金的坐墊。

女真：女道士。

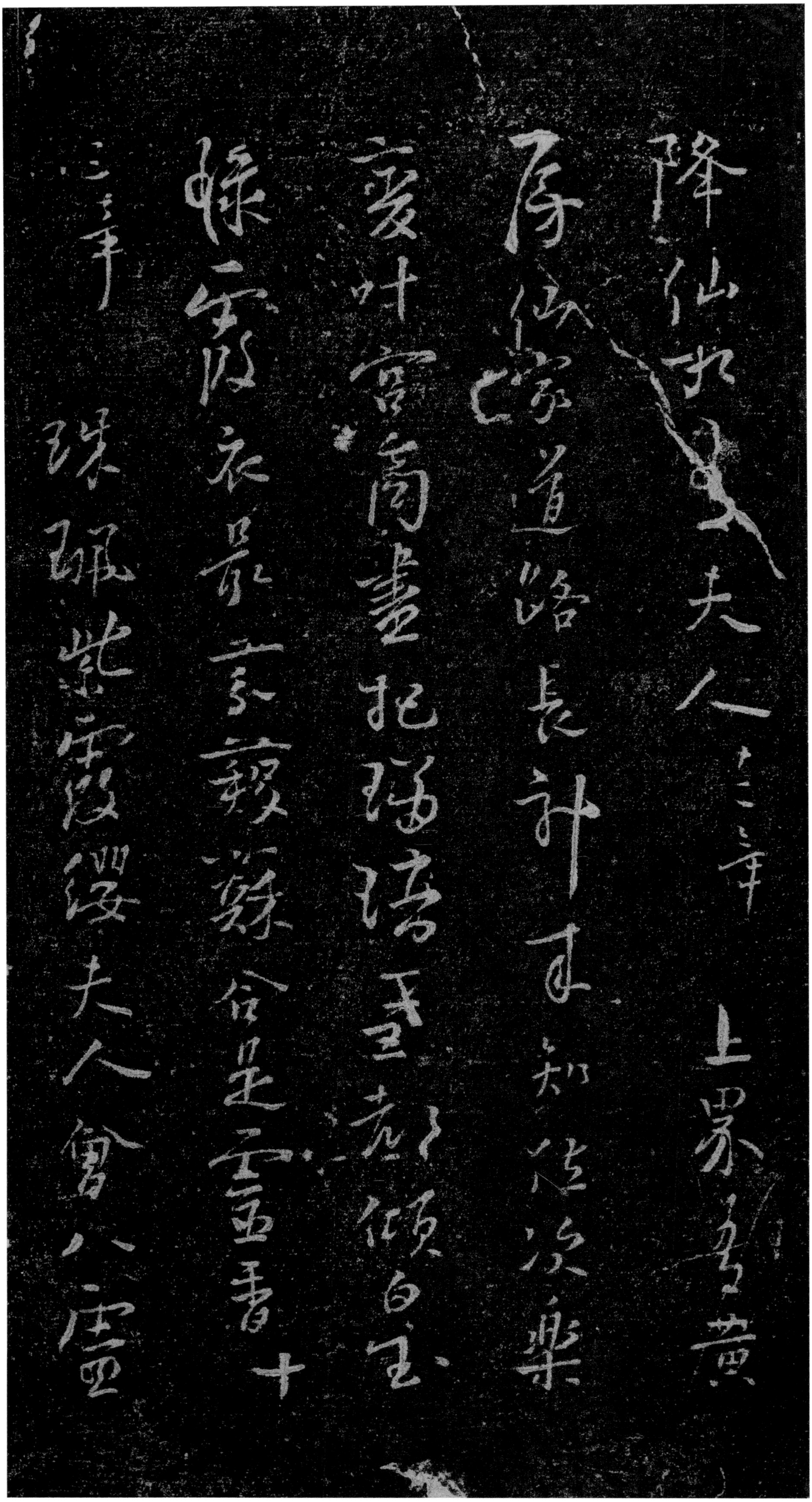

降，仙相有夫人。十二章。上界有黃/房，仙家道路長。神來知位次，樂/變叶宮商。盡把琉璃盞，都傾白玉/漿。霞衣最芬馥，蘇合是靈香。十三/章。珠珮紫霞纓，夫人會八靈。/

蘇合：即蘇合香。爲金縷梅科喬木。原産小亞細亞。樹脂可提製蘇合香油，用作香精中的定香劑。晉傅玄《擬四愁詩》之三：『佳人贈我蘇合香，何以要之翠鴛鴦。』

黃房：仙道的居處。唐陸龜蒙《襲美以紗巾見惠繼以雅音因次韻酬謝》：『知有芙蓉留自戴，欲峨煙霧訪黃房。』

八靈：八方之神。劉向《九嘆・遠逝》：『合五嶽與八靈兮，訊九鬿與六神。』王逸注：『八靈，八方之神也。』

太霄：天空極高處。南朝梁陶弘景《周氏冥通記》卷四：『太霄何冥冥，靈真時下游。』

金母：即神話傳說中的西王母。《雲笈七籤》卷一一四：『西王母者，九靈太妙龜山金母也。』

木翁：即木公，又名東王公或東王父。常與西王母(即金母)並稱。《太平廣記》卷一引前蜀杜光庭《仙傳拾遺·木公》：『昔漢初，小兒於道歌曰：「著青裙，入天門，揖金母，拜木公。」時人皆不識，唯張子房知之。』

太霄猶有觀，絶乇豈無形。暮／雨徘徊降，仙歌婉轉聽。誰逢玉妃／輦，應檢九真經。十四章。西海辭／金母，東方拜木翁。雲行疑帶／雨，星步欲淩風。羽袖揮丹鳳，霞／

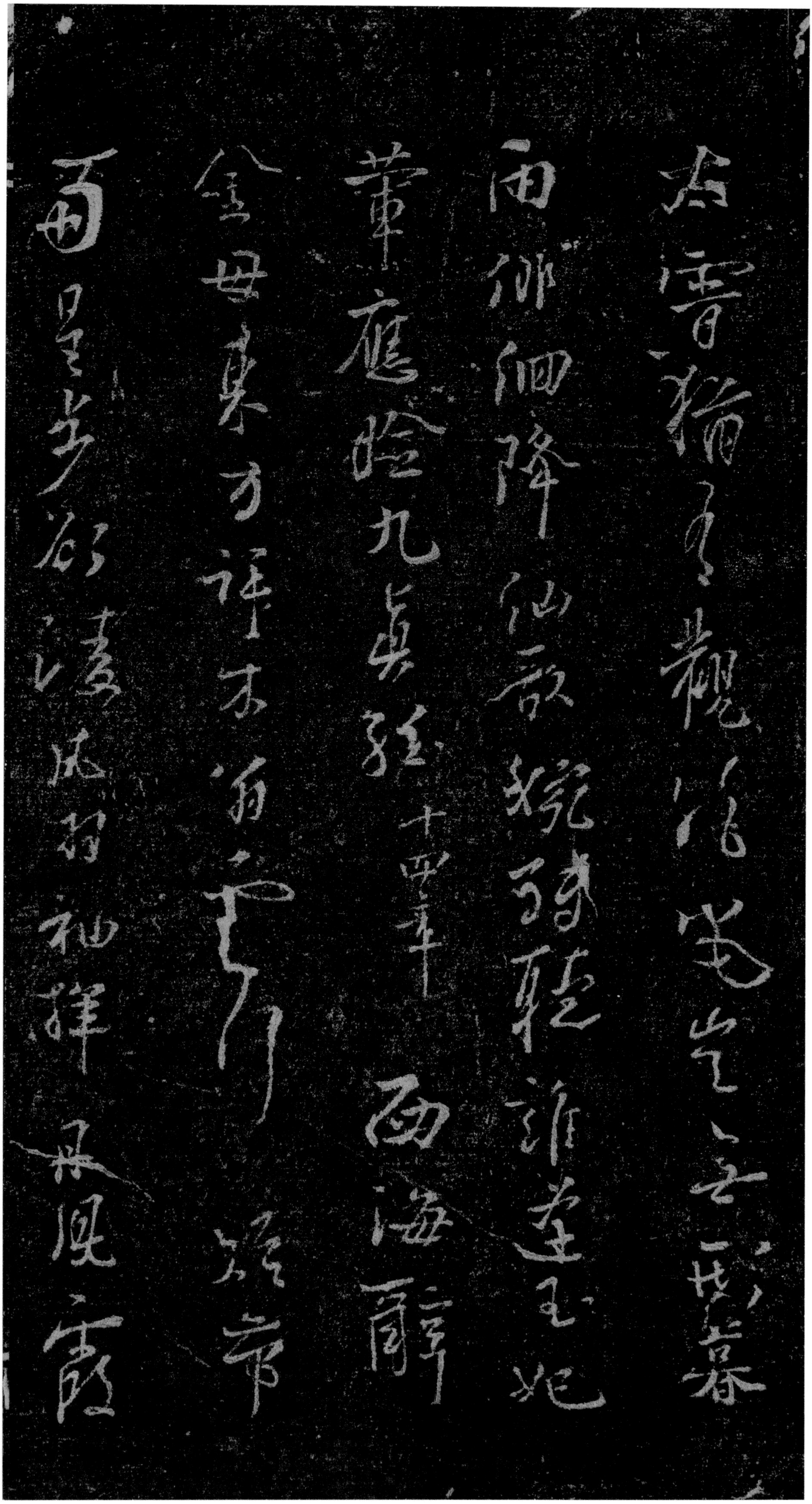

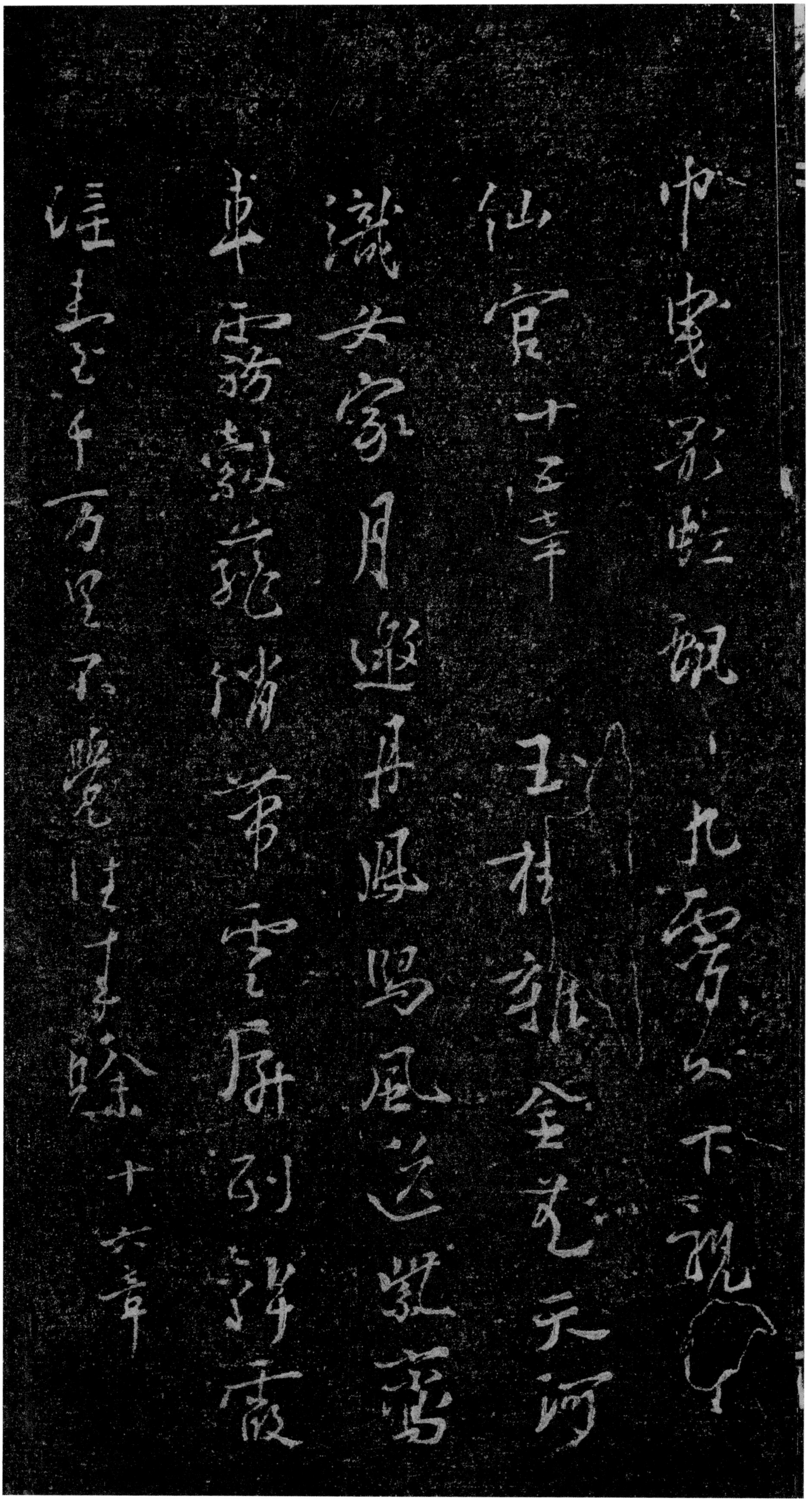

巾曳彩虹。飄飄九霄（外），下視（望）/仙宮。十五章。玉（樹）雜金花，天河/織女家。月邀丹鳳舄，風送紫鸞/車。霧轂籠綃帶，雲屏列錦霞。/瑤臺千萬里，不覺往來賒。十六章。/

轂：本指車輪的中心有洞可以插軸的部分。借指車輪或車。霧轂：駕著雲霧的仙車。

賒：遠。不覺往來賒：指不覺路途之遙遠。

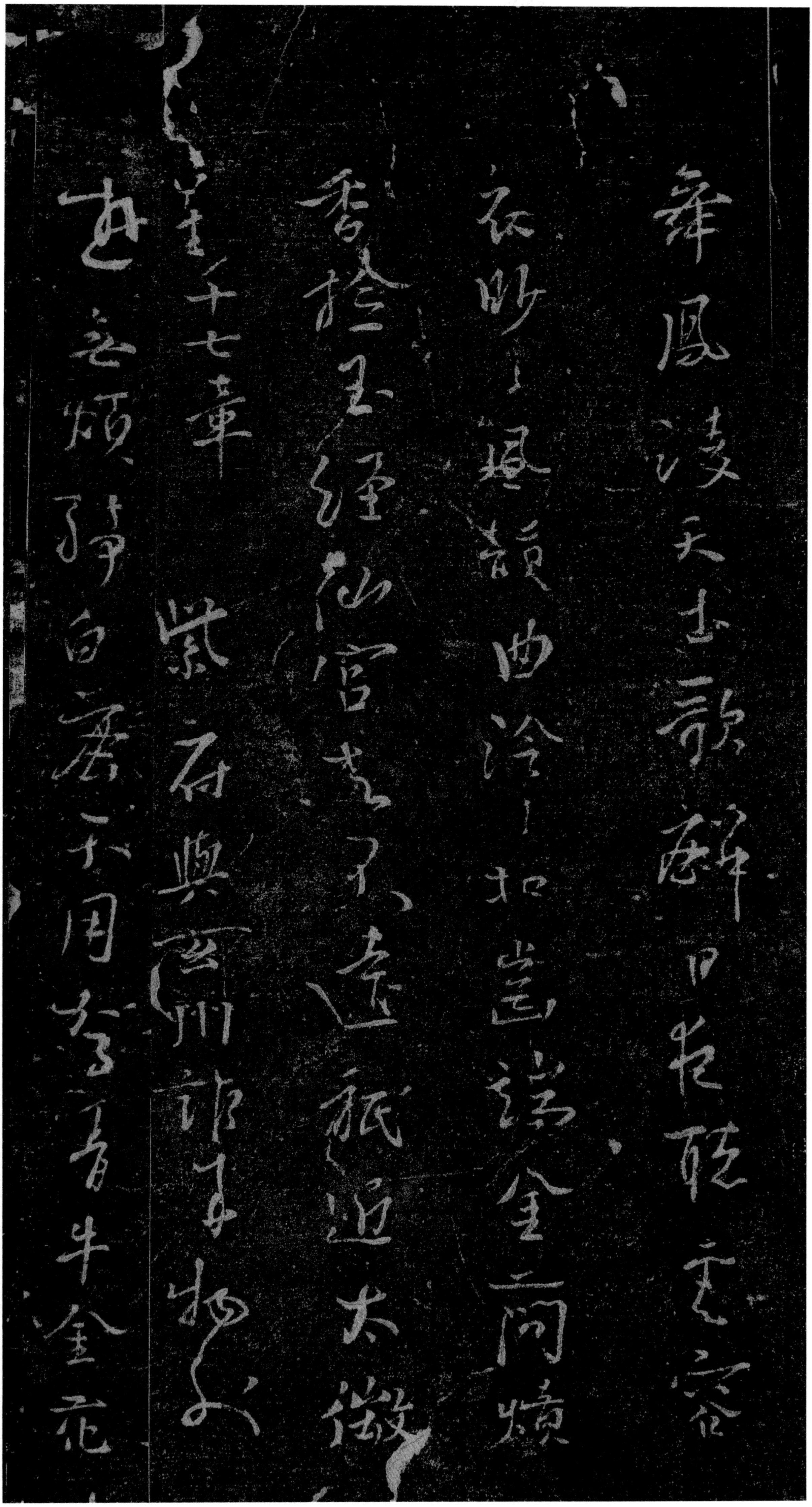

舞鳳淩天出，歌麟日夜聽。雲容／衣眇眇，風韻曲泠泠。扣齒端金簡，焚／香檢玉經。仙宮知不遠，只近太微／星。十七章。

紫府與玄州，誰來物外／遊。無煩騎白鹿，不用駕青牛。金花／

眇眇：衣服被風吹動飄舉貌。

太微星：古代星官名。喻指天庭。

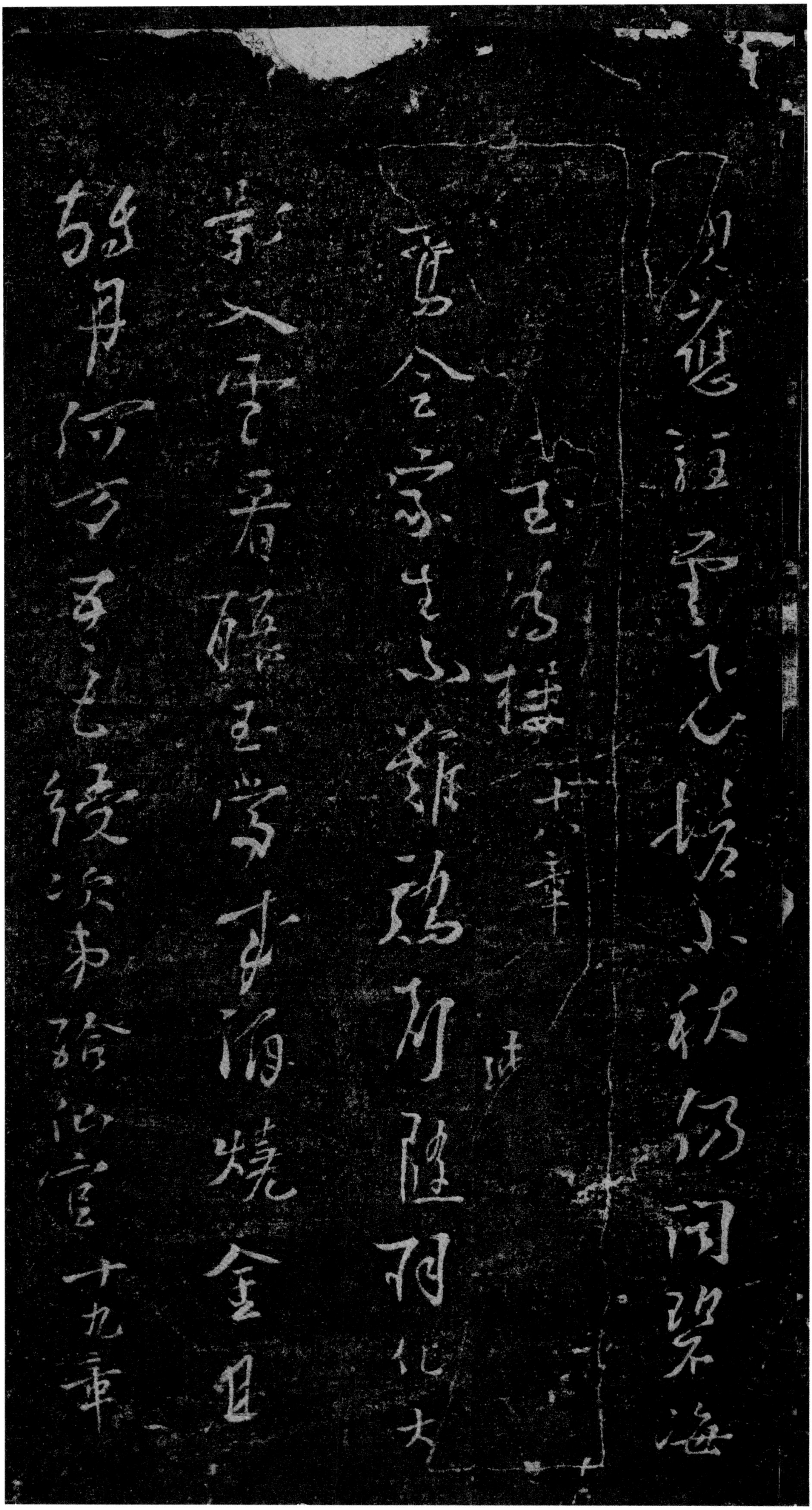

（顔）應駐，雲飛鬢不秋。仍聞碧海／（上，更用）玉爲樓。十八章。／（鑾鶴複驂）鸞，全家去不難。鷄聲隨羽化，犬／影入雲看。釀玉當成酒，燒金且／轉丹。何方五色綬，次第給仙官。十九章。／

轉丹：道教謂丹的煉製有一至九轉之別，而以九轉爲貴，稱九轉金丹。晉葛洪《抱朴子·金丹》：『九轉之丹服之，三日得仙。』

鷄聲隨羽化，犬影入雲看：漢王充《論衡·道虛》：『淮南王劉安坐反而死，天下並聞，當時並見，儒書尚有言其得道仙去，鷄犬昇天者。』

玉酒：仙酒。《初學記》卷二七引《十洲記》：『瀛洲有玉膏如酒，名曰玉酒，飲數升輒醉，令人長生。』

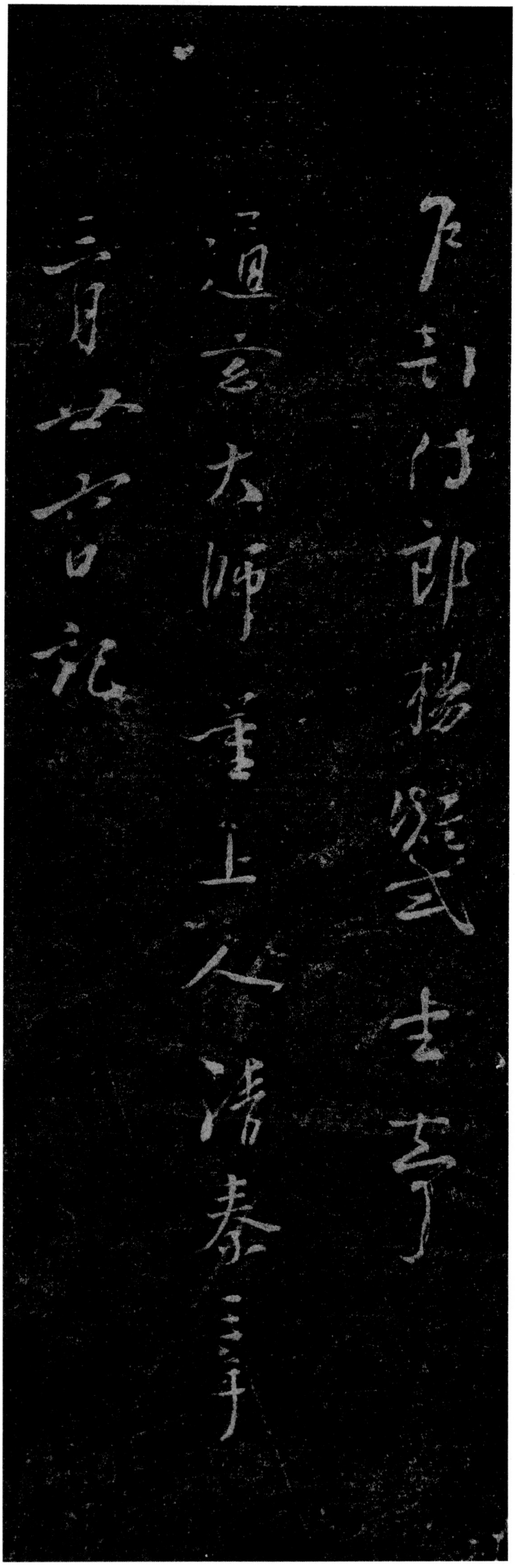

户部侍郎楊凝式書寄／通玄大師董上人。清泰三年／三月廿六日記。／

清泰三年：據蕭風考證，此處『清泰三年』應爲『清泰二年』之訛。說見《書法》雜志二〇一三年第三期。按：清泰二年，即九三五年。

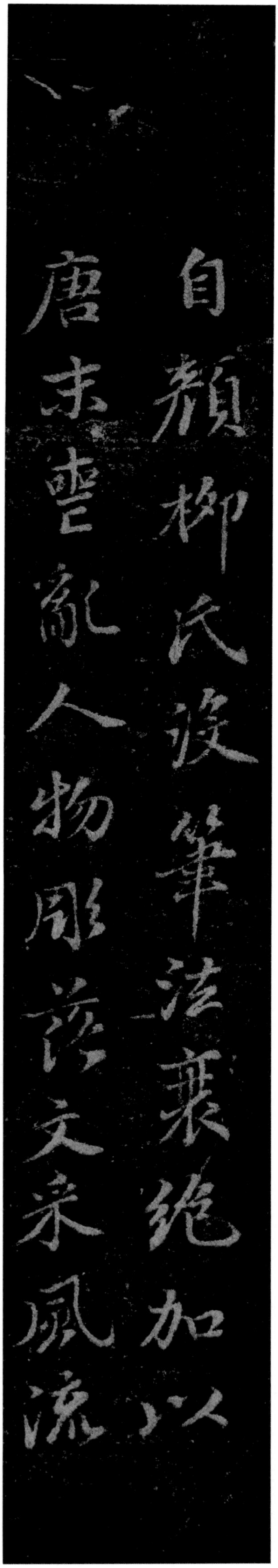

掃地盡矣獨楊凝式筆勢
雄傑有二王顏柳之餘可謂
書之豪傑不為時代所汩沒者
右錄東坡評語孫過庭云既得平正
須追險絕書家以險絕為功惟顏行
與景度草得之景度好題寺壁不甚
書縑素即宣和所收亦復寥寥蘇米
皆學其書故推重若此 其昌

盧鴻草堂十志圖跋

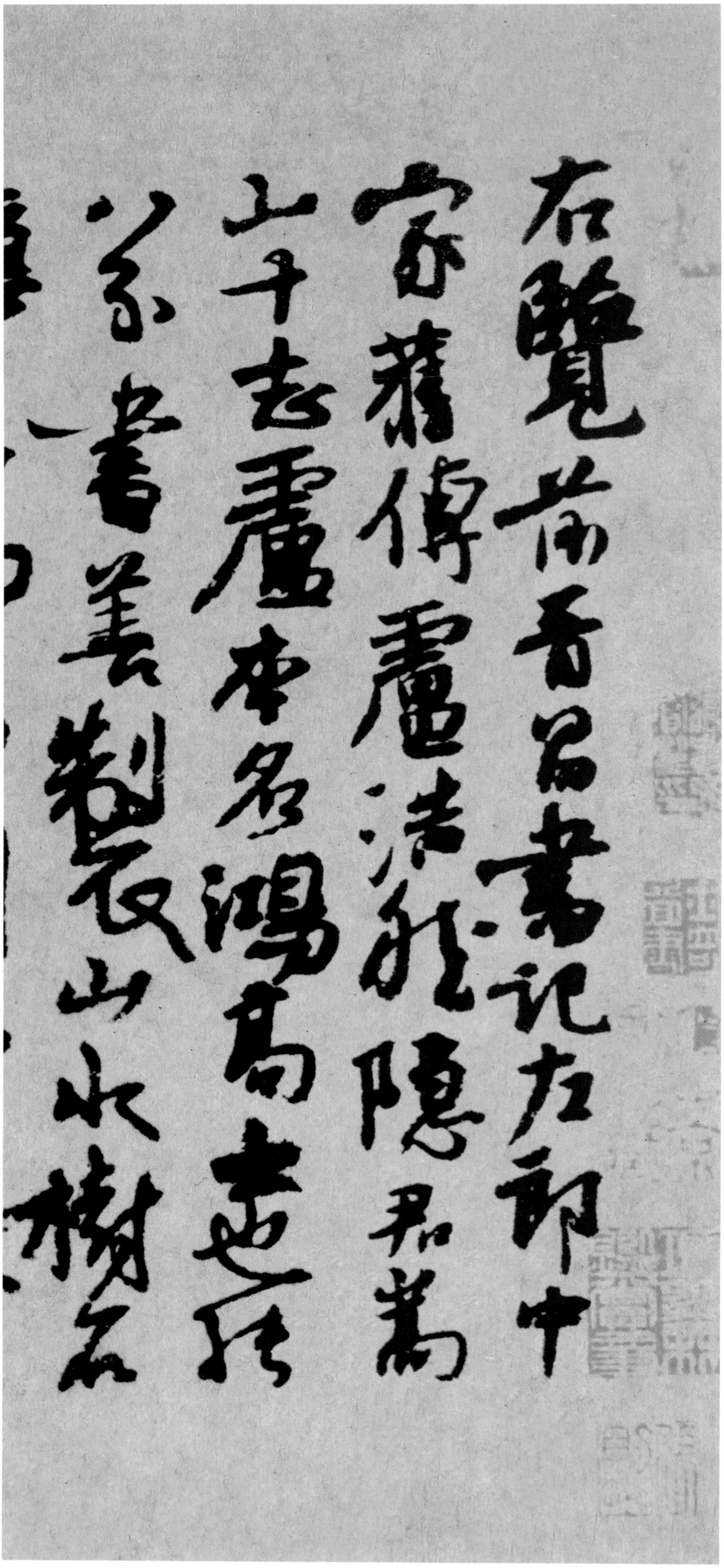

右覽前晉昌書記、左郎中╱家舊傳盧浩然隱君《嵩╱山十志》。盧本名鴻，高士也，能╱八分書，善製山水樹石，╱

盧浩然隱君：即盧鴻，字顥然（一作名鴻一，字浩然）。洛陽（今屬河南）人。隱於嵩山，博學，工書畫。書善籀篆隸楷。畫工山水樹石，得平遠之趣，筆意位置，清氣襲人，與王維相埒。開元初玄宗遣使備禮至嵩山徵召，再徵不至。開元五年玄宗又下詔徵聘，詔書表示『虛心引領』，『翹想遺賢』，要求盧鴻『翻然易節，副朕意焉』，盧鴻只得赴徵。開元六年至東都洛陽，謁見不拜。授諫議大夫，固辭，放歸嵩山，賜以隱居之服，官營『東溪草堂』。盧鴻回山後，聚徒五百餘人，講學於草堂之中，成爲一時之盛。又自繪其勝景爲《嵩山十志》（或稱《草堂十志》），每圖配詩一首，分別是《草堂》、《倒景台》、《樾館》、《枕煙庭》、《雲錦淙》、《期仙磴》、《滌煩磯》、《冪翠庭》、《洞玄室》、《金碧潭》。此圖今有摹本傳世，藏於臺北故宮博物院。楊凝式之題跋即書於此圖之後。

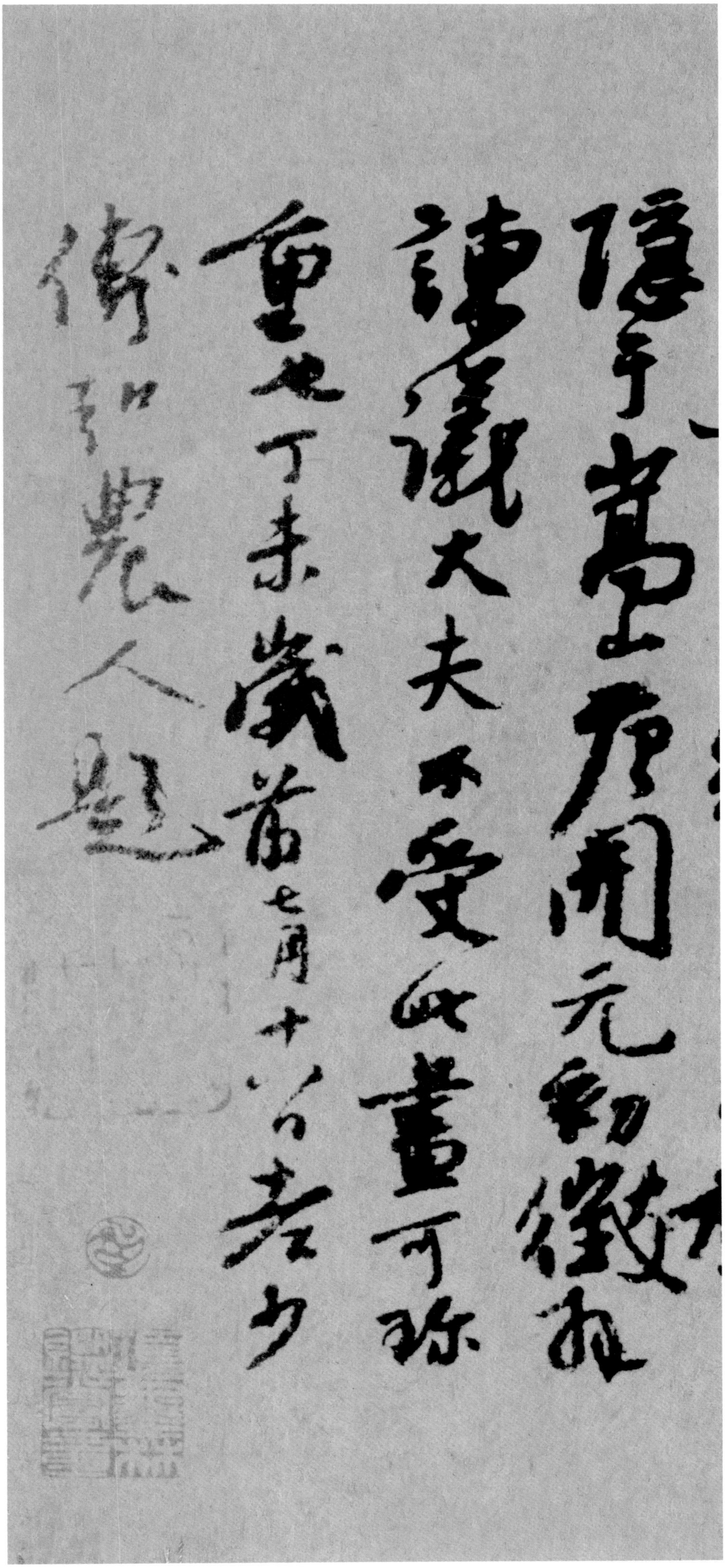

隱於嵩山，唐開元初徵拜／諫議大夫，不受。此畫可珍／重也。丁未歲前七月十八日，老少／傅弘農人題。／

丁未：後漢天福十二年丁未（九四七）。按：此年七月爲閏月，故有前七月之稱。

歷代集評

洛人得凝式真跡，誇詡以爲希世珍，西洛寺觀二百餘所，題寫幾遍。

——五代　陳思《書小史》

楊公凝式筆跡雄傑，有二王顔柳之餘。不爲時勢所汩没者。

——宋　蘇軾跋《楊氏所藏歐蔡書》

欲曉楊氏書，當如九方臯相馬，遺其玄黄牝牡乃得之。

——宋　黄庭堅題跋

俗書喜作蘭亭面，欲换凡骨無金丹。誰知洛陽楊風子，下筆便到烏絲欄。

——宋　黄庭堅《山谷集》卷二十八《題楊凝式書》

余曩到洛師，遍觀僧壁間楊少師書，無不造微入妙，當與吴生畫爲洛中二豔。

——宋　黄庭堅《跋王立之諸家書》

楊凝式草書，天真爛漫，縱逸類顔魯公《争坐位帖》。

——宋　米芾《書史》

楊景度書，出於人知見之表，自非深於書者不能識也。

——元　趙孟頫跋《夏熱帖》

望之如狂草，不辨一字，細心求之，則真行相參耳。以真行聯綴成册，而使人望爲狂草，此其破削之神也。蓋少師結字善移部位，自二王以至顔柳之舊勢，皆以展蹙變之。故按其點畫如真行，相其氣勢則狂草。

——清　包世臣《答熙載九問》

圖書在版編目（CIP）數據
楊凝式法書名品/上海書畫出版社編.——上海：上海書畫出版社，2013.8
（中國碑帖名品）
ISBN 978-7-5479-0666-8
Ⅰ.①楊… Ⅱ.①上… Ⅲ.①漢字—法帖—中國—五代（907～960） Ⅳ.①J292.24
中國版本圖書館CIP數據核字（2013）第186822號

中國碑帖名品［六十九］

楊凝式法書名品

本社 編

責任編輯 孫稼阜
釋文注釋 俞 豐
審 定 沈培方
責任校對 郭曉霞
封面設計 王 峥
整體設計 馮 磊
技術編輯 錢勤毅

出版發行 上海世紀出版集團
上海書畫出版社
地址 上海市闵行区號景路159弄A座4楼 201101
網址 www.shshuhua.com
E-mail shcpph@163.com
印刷 上海界龍藝術印刷有限公司
經銷 各地新華書店
開本 889×1194mm 1/12
印張 5
版次 2013年8月第1版
2022年9月第8次印刷

書號 **ISBN 978-7-5479-0666-8**
定價 **55.00元**